U0484160

时光每天呼啸而去，
从来不与你我打一声招呼。

这世间本没有什么长情，所有的执念多半只是自我救赎道路上的偿还。

每一天，我们都在变，
只是，不要变成自己讨厌的样子。

愿你岁月静好，
许我一晌贪欢。

一生中还有多少个你

HOW MANY OF YOU IN MY LIFE

左叔——著

江苏凤凰文艺出版社
JIANGSU PHOENIX LITERATURE AND ART PUBLISHING, LTD

图书在版编目（CIP）数据

一生中还有多少个你 / 左叔著. — 南京：江苏凤凰文艺出版社，2017.4
ISBN 978-7-5594-0012-3

Ⅰ. ①一… Ⅱ. ①左… Ⅲ. ①散文集－中国－当代 Ⅳ. ①I267

中国版本图书馆 CIP 数据核字(2017)第 041681 号

书　　名　一生中还有多少个你

著　　者　左　叔
责任编辑　孙建兵
出版发行　凤凰出版传媒股份有限公司
　　　　　江苏凤凰文艺出版社
出版社地址　南京市中央路 165 号，邮编：210009
出版社网址　http://www.jswenyi.com
经　　销　凤凰出版传媒股份有限公司
印　　刷　南京新洲印刷有限公司
开　　本　880×1230 毫米 1/32
印　　张　7.75
字　　数　185 千字
版　　次　2017 年 4 月第 1 版　2017 年 4 月第 1 次印刷
标准书号　ISBN 978-7-5594-0012-3
定　　价　35.00 元

断·舍·离

（代序）

七月，我从很多热闹的微信群里面退了出来，那是我年初赋闲以来，整个人状态最不好的时候。

那段时间，除了筹划自己的书稿，兼做协作机构的采编，跑跑读书沙龙活动之外，我大部分的精力都投入在写作中。这些都是我自认喜欢，能够自如应付，并且愿意为之投入精力的事情。

就这样，到了第三个月，我忽然感觉到自己陷落在一片胶着的迷茫困顿之中。

当时，我东奔西跑了半个月，刚刚结束一组美食大师的采访，又与原先合作五年的机构终止了一段关系，书稿还没有眉目，续写的中篇才刚展开，可是生活里那些曾经让我觉得温暖的琐碎，开始呈现出蜂拥而至的状态，常常让我无法静下心来。

我无法保证，每天早上八点前能够准时坐到电脑前。我无法保证，在写作的中途不被洗衣机的轰鸣、猫狗的走动、孩子的吵闹等生活琐碎打断。更可怕的事情是，即便我能保证前面的外部条件，但我仍然无法写出让自己满意的文字。

我在没有突破感、没有成就感、没有获得的满足感中又坚持了两周，然后就彻底地陷入到了题材缺乏的困境。脱离了原先的生活轨迹，人际交往清简了许多，感知范围瞬间收窄之后，现实生活能够给予触动的东西更少。

曾经有一段时间，我将手机里的虚拟社交当作感知外部世界的窗口，但很快我就意识到自己错了。在最艰难的时刻，我将那个看起来最有支撑力的部分给舍弃了，回归到自己想要做的目标和方向上来，虽然知道这样的结果是可怕的，但心里也清楚"沉底"是个必经的过程。

状态实在不好的时候，我只能选择停下来。

八月，孩子暑假刚刚过半。

一整个月，我只写了八篇文章，而此前，几乎每个月都会写三十至四十篇的文章。

我终于明白，有些事情并不是自己想做就能做到的，而我必须得像农人耕地一样，经过彻底的休整。除此感知到这一点，我还有另外的收获。经过一个暑假的自我摸索，我终于将多年的狗刨修炼成略微标准些的蛙泳。

暑期结束了，我的写作状态并没有立即回升，但我心里有底了，只要愿意付出精力，困扰多年的问题仍旧有突破的可能。

十月，我艰难地挣脱胶着的迟滞状态，慢慢多了一些与人接触的机会。现实生活中，与人协作做事、面对面地交流，让我慢慢地找回了那份熟悉的踏实感。这中间，当然也少不了过来人给我适时的提点。

因为认证信息栏里有心理咨询师的头衔，我在分答和微博平台里，收到最多的提问都是关于感情的。问题一多，我就开始像很多贩卖鸡汤的“老司机”一样，麻木地看着别人经历着情感波动，陷落在其中不能自拔。

因为我知道，绝大多数时候，救自己的永远只有自己。

外人的当头棒喝也好，抽丝剥茧也罢，都只是锦上添花而已。那些话说多了，就自有套路和模式。我遇到的很多问题常常又是彼此接近的，不是“断舍离”，就是“牵念想”，讲多了，说了什么，自己也转头就忘。

因为鲜少有人会问我写作的问题，所以我会印象深刻些。

曾经有人关心我写作的状态，问我是集中一段时间写很多，然后再陆陆续续发出来；还是每天都在写，持续地推进？

其实，我的状态更接近于两者之间，或者可以说是略微偏向于后者。

我是那种随身带书、本子和笔的人，会将日常生活当中的字句记录下来，有时候不凑巧的状态会直接贴在自己的朋友圈里，我也曾经一度试过手机语音输入软件，记在手机备忘录里，但效果并不好。更多的时候，我是一个依赖由纸笔带来踏实感的人。

我没有与他人讨论过，所以并不知道别人是怎样的状态。我的状况常常是灵感来时非常集中，会一直不断地有想要表达的念头涌出来，但这些不断涌出的内容，往往只是一个初步的概念、一个模糊的设想、一段并不明朗的引子，需要去补充完善修正它，但很多时候，时间、精力和能力都不允许我在短时间内达成。

我会像准备过冬的小松鼠一样，非常小心翼翼地将它们珍藏好，一一列在本子的某一页上。因为我知道在此后一段时间的枯竭期里，我有需要它们的时候。有了这些主旨概念和素材，又以纸笔的踏实感珍存在本子里，我就获得了时间上的宽裕与能力调度上的自由，可以慢慢地丰富它、完善它、享用它。

长久以来，在写作这件事情上，我自认没有什么天赋，但好在老天垂怜努力的人，写多了总归会有一两篇歪打正着的机会。

这大半年，我一直没有主动给平面媒体投稿，除了预留着集结成书的内容，一般写完了我就直接贴到网上。这大半年，凡在平面媒体上刊载的，一般都是编辑主动联络的结果。我非常感谢，因为我知道现如今平面报刊的处境并不乐观，他们愿意付我稿酬，所以我信任他们的职业操守。如果实在没有办法达成，其实只要能够正确的署名，不洗稿、不恶意篡改，其实我是不会计较的。

相反，如果是网络上的侵权，我反而会在意许多，我不知道是不是因为我也是独立网站运维者的关系。

岁末，退了很多群的我，又建了一个微信群，将长期以来一直为我网站供稿的几位朋友一一拉进群里，三不五时地发个小红包。因为我没有办法付他们稿酬，所以只能以这样的方式略表心意。有一些是这几年在其他平台上写作时结识的创作者，更多的还是我十余年网络写作过程中结识的各路人马。这些人中有不少也曾经运维过个人网站或者开设过个人博客。

十几年前建网站的时候，我只是想有一个可以写写说说的地方，并没有长远的规划。然而网络却是一个技术推动变革迅猛的行业，后来陆续出来了很多公共平台，但我却一直不为所动，直至今年才开始在豆瓣、微博和公众号开始铺陈开，但网站始终是我自认的主心骨。

不知不觉间走了近十五年，如今回头看来，自己也感到吃惊。当年与我一道运维个人网站的同行者，几乎都一一地淹没在命运的流离和琐碎的生活之中，即便是仍然坚持在写的，多半也换了跑道。

在这样的潮流之中，继续运维网站，其实是一个特别寂寞的事情。

好在微信的生态还是给我留了一线生机，因为微信闭环生态的关系，微信系统内部的内容对于外部搜索引擎并不友好。我与那些年一起写作的朋友仍旧保持着合作，帮着他们从众多内容遴选出与网站主旨相关的内容进行聚合，同时做读者用户分流引导的动作。

当然，我坚持认为网站还能够继续存在的最主要的原因，仍旧是我还有没表达完的欲望。

在一些场合，当我跟别人说起这个坚持了快十五年的个人网站，我几乎都能从别人眼中看到一丝不解，其实我自己也没有弄明白，这个人为什么会是我。

曾经也有人帮我总结过，他们说我是一个特别有方向感、特别自律以及拥有强大持续推进力的人，还有人猜测我这么多年坚持做一件事情，肯定是一个长情的人。

我只能笑笑，因为我知道他们口中的那个长情的人并不是自己。

这十几年时间里，我认识太多比我更有方向感、更有自律意识、更拥有强大持续推进力的人，他们曾经付出心血建立起来的网站，我都一一地列在我网站上一个叫“友情链接”的页面里，而这些链接现如今绝大部分已经是无法打开的“死链”了。

虽然我知道，这些“死链”对外部搜索引擎而言是权重的“最大杀手”，我也知道他们不可能重新回来，但我仍然留着舍不得删去，一半是为了纪念那段我们一起走过的路，另一半是让自己知道一直以来自己还不够努力。

无有岁月可回头，我终究怕我会忘记掉曾经心动的那些美好瞬间。

目录

所有回不去的岁月都叫青春

岁月辽阔，我们一直不曾走散

住大学宿舍那会儿，每个月都会有卫生检查。说是评比，其实就是宿管大爷带着每个楼层的楼层长，挑个晚上临熄灯的时候，各个宿舍里面转一转，给评个分。最后优胜者其实也没有实质奖励，只有一面小小的三角旗挂在宿舍的门口。刚入学那会儿，大家伙儿都是可劲地撒丫子野，从来也没人把那面小旗子放在心上过。

也不知道这学校是按什么逻辑分配的宿舍，别的宿舍同住的不是一个班的，就是一个系的，再远一点至少还是一个学院的。我们 11 舍 101 室，除了我和小老八算是近点，勉强同属文学院，其他的外语、历史、城资、信管等等，各院各系都有，整一个学生会的格局。

宿舍老大茂哥高我们一届，化学系的学霸，听说是主动调过来的。茂哥虽说是个理工男，但兴趣爱好却是书法篆刻。101 室文科生比重高，又都是各院各系聚不成团的学弟们。我们猜想，他多半是因为没有人好意思站出来，嫌弃他占了一桌的笔墨纸砚、摊了一地的龙飞凤舞。

期末考前，大家回宿舍都比较晚。有一天，我回到宿舍，就小老八在，一见到我就要拉我去吃夜宵，我还想推辞，他说是茂哥召集的，大家都喝上了，独缺我一个。两瓶冰凉的啤酒下肚，我才听明白这顿饭召集人是茂哥，但这点菜买单的却是小老八。没等灌酒，小老八就招了，刚在社团与心仪的外院学姐攀上了老乡，打听到她有点洁癖，想争卫生评比的三角旗，好让学姐能够高看他一眼。

我们那个年代没有网络，更不用谈手机，宿舍倒是有个内线电话，但得通过宿管大爷接线。男生想要进女生宿舍，门都没有；女生倒是可以在白天借着社团活动、借还资料等理由，站在男生宿舍过道里，借着筒子楼两头幽幽的微光，与男生闲聊几句。而男生身后门上挂着的小三角旗，大概能算是一个无声的展示吧。

想到整理收拾，大家都觉得头疼。不过茂哥有办法，考评前一晚，他从小卖部要了些大纸箱子，每人发了几个，指挥着我们将个人的杂物一股脑装在箱子里面，挥毫泼墨写上每个人的名字，码在宿舍靠门的空床上，然后买了包烟，领着小老八去宿管大爷和各层楼长那边公关去了，留下我们几个在那边想办法开窗通风散味儿，差点没冻感冒了。

小老八如愿得到了三角旗，一个劲地拍茂哥马屁。茂哥免不了得意起来，说这收纳整理不过是小事，考验的是理性思维能力，关键时刻还得靠他这个理工男，收纳得先搞清楚属性分类。我们听了觉得好笑，除了帮我们在纸箱上写了个姓名，他哪里有什么分类可言。整个宿舍就数他，为了得到那面三角旗，成天翻箱倒柜地找这找那。

大学几年晃晃悠悠就没了，大哥老茂早一届毕业，当年看他吃散伙饭回到宿舍哭得跟孙子一样，我们都觉得好笑，等轮到自个儿才觉得心里不是个滋味。各班、各系、各院、各社团、各老乡会一轮喝完后，剩下的就是101宿舍的最后一场。大家伙聚在一起，两杯刚下肚就有人念叨起已经失了联络的茂哥来。没有手机的年代，想到一出校门就各自天涯，大家又哭得跟孙子一样。

此后十几年，我们还真没聚齐过。倒是茂哥这个理工男挺有理性思维能力，光靠着互联网那点蛛丝马迹硬是将我们几个给一一找了回来。茂哥最后一个找到我，第一时间将我拉进他建的微信群。我进去一看，哥几个都在，立即发了个红包，跟大家报告近

隔天醒来，
在手机里翻出一堆失焦的照片，
如梦一场，
心里滚烫。

况，大家一边抢红包，一边开着当年的玩笑，一时间让我有一种“岁月不老，青春不散”的错觉。

茂哥这几年遂了愿，在北京开了间画廊兼工作室，他在圈中小有名气，听说都论平尺报价了，大伙笑叹当年没多讨点“废纸”。爱读书的，继续读书留校任教当了教书先生；爱四处跑的，跑到南半球娶了个洋妞继续天南海北地晃荡着；读大学就在宿舍忙推销的，现在搞起了电商。哥几个混得都不错，让人觉得安心。

在群里混了没几天，我察觉出异样，当年脑子活络、毕业就做记者的小老八在群里不爱吭声，常常是众人讲到翻屏了，他回个好的或者嗯。问及茂哥，他也没多说什么，只说我俩离得近，得空去看看他。有一次我出差去小老八那边，微信上联系说见见，他回复我约在家里。我心想这小老八约在家里，八成想显摆娶到了当年学姐。

依着导航七弯八拐地摸到一个小区门口，结果站在小区门口迎我的不是小老八，而是学姐。那小区挺旧的，小老八家在一楼，天还没黑透，楼道里就已经暗得要开灯了。好像家里没人一样，学姐自个儿掏钥匙开门，摸索着按亮了客厅灯，为我预备了一双简便拖鞋，上面还印着酒店 LOGO。我低着头忙着换鞋，听着她跟我解释，最近刚换房搬家还没有收拾停当，请我别见外了。

虽然嘴上客气着，但我心里纳闷怎么不是小老八出来迎我，结果一抬眼便被眼前的一幕给怔住了。当年脑袋活络的小老八坐在轮椅上，目光呆滞、动作迟缓，惊得我喃喃半天却说不出一句话。学姐也觉得意外转头问我，你还不知道平时微信里都是我帮他回复大家的吗？我这才恍然明白为什么小老八在群里不活跃了。

学姐看了一眼小老八，叹了口气跟我解释，也就是去年冬天下大雪那会儿，外出采访回家路上摔了一跤，没想到摔到要害处，人就成这样了。幸好还能算是工伤，单位和保险都赔了些钱，但钱也不抵事，人要想恢复估计还得有些时日。他现在这样已经算是恢复了一些了，要想能生活自理，估计还得有一两年。她话音未落，一个小女孩从房间里面走出来，也就八九岁的模样。

桌上放着几盘刚做好的家常菜，我心里知道这一餐肯定不是预想的滋味，但人已经来了，也就不好再推却了。待大家坐定，学姐忙着招呼我，小女孩则忙着一勺一勺地喂爸爸，这场面看得我一直强忍着鼻酸，目光不敢一直停留在这一餐饭上。

环顾四下，两居室的小公寓是若干年前流行的旧格局，客厅里原本该放电视机柜的地方，叠着几只装满杂物的塑料箱和纸盒子，角落里还倚着幅没挂的字画，日子过得艰难显而易见。

那顿饭吃得实在尴尬，一吃完我就想告辞。学姐也看出我的不自在，便说不虚留我了。待我准备换鞋出门，她突然问能不能麻烦我帮她把墙角的那幅字画给挂了。

那幅字画就四个大字“否极泰来”，落款是茂哥。学姐说，这一两年，茂哥给的字画情急之下托人变了现，救了急，但这幅寓意好，自己一直没有舍得出手，就想着无论到了哪儿都要留着。搬新家就想着挂起来，抬眼就能看见，可一直也没有搭把手的人能帮个忙。

我被她讲得眼眶发热，赶紧问她工具在哪儿。她说，我收在箱子里，你等我给你找，然后就轻车熟路地从未及整理的箱子翻出了钉锤。我看到那些箱盒里面，居家日常的杂物一件一件归整在一起，易碎的裹了报纸，尖锐的套了无纺布袋，厨具归厨具，衣物归衣物，井井有条，让人感受到这生活的阵脚还未曾乱了分寸。

挂完那幅字，我接着在屋里转了转，趁着他们不注意，我从包里掏了些现金，放在孩子的枕下。孩子房间四壁白墙是新刷的，书架大概是新购置的，课外书、童话绘本、美术画册等一本本地排好，毛绒玩具和公主玩偶并排坐着角落里。女孩推着轮椅将爸爸安顿在自己的书桌旁，然后在暖融融的灯光下，开始做作业，大声地朗诵课文。那一幕无限的温柔，无比的温暖。

学姐说要送我，我请她留步照看好小老八和孩子。学姐说，那我就不假客气了，有机会你就常来。我回应好的，然后准备换鞋，但想了想还是将那几句劝慰的话说出了口，刚一进门，我心里还挺不是个滋味的，看到你们能把日子过成这样，我觉得安心了不少。现在看来，我们哥儿几个里还得数小老八有福气，往后有什么难处，群里面跟兄弟几个言语一声。

学姐笑着说，我们已经麻烦你们不少了，他这样日后花钱的地方多，我们也不能总伸手。虽说现在的房子还没有原来一半大，但够住就行了。原先那一屋子的家当，我就挑了往后能用得上给收拾了搬过来，其他能换成钱的我都卖了。大家总问我怎么舍得的，我觉着这眼下的日子，没有舍，哪来的得呢？

从老小八家出来，回去开车的路上，我心里一直在想一个问题，当年学校到底是按着什么分类的标准，将我们这八个原本互不相识的小伙子给分在了一间宿舍里，而又是什么让我们各自天涯，到了年届不惑之际，依旧没有走散。

一说起情怀，便想起当年灼烫的天台

你关于情怀的第一次思考是在天台上。那个时候你还在念中学，活得跟一张白纸一样。波澜不惊的读书考试，除了偶有不切实际的空想，在应试教育的这个战场上，你活得更像是流水线上等待被打磨的粗坯。然而，你的人生从一次天台上的偷窥起发生了变化。

那一日，你和死党一起猫在天台的女儿墙后面，看着校门口闹闹嚷嚷数日不散的人群。校方与那个曾经被你当作人生范本的男子在交涉一些事情。虽然已经是最临近校门的一栋校舍了，但仍旧是隔得远，你听不真切他们在讲些什么。

在此之前，校方曾经专门将全校师生集中在操场上，通过大喇叭宣布禁止关注参与此事，但关于他的事情你仍旧有所耳闻。

那个一连数日，堵在学校门口拉横幅的人曾经是你的语文老师。上世纪八十年代末北京某名牌大学毕业的他，却因为种种原因留在学校里当了个教书匠。你喜欢他的课，除了他不是那种只会盯学生分数的人，还有他身上那一抹传奇色彩。

他的板书写得特别好看，每次都是从黑板的最左侧一路写至最右，落最后一笔时下课铃也就响了。他总是特别潇洒地将手中剩下的粉笔头，抛进角落里的垃圾筐，拍拍手上的粉灰，将一墙洋洋洒洒留给我们。他讲课的内容常常过于开阔，挑战你的知识储备和阅读量，所以你总觉得他骨子里面有几份傲气。

只教了一个学期，他就不见了。有人说他下海了，北漂去写电视剧去了，有人说他去机关工作了，天天帮着领导写讲话稿子。那个时候，你将他视为你人生的范本，有选择和左右自己人生的能力。可是不曾想，又隔了一年，他会出现在学校门口，拉着横幅说遭遇何等不公，捍卫重新回来教书的权力。

那一日之后，你再也没有见过他，甚至连他的模样也忘记了，但你依旧记得，日光炙烤天台水泥地面，灼热穿透了薄底的帆布鞋，窝在你的足心。天台，成了你直面现实人生的一处所在，也在你心里埋了一枚日后以何为生的隐忧，像生命力顽强的野草种子，

从偶像一个个地离去之中，
感知到老天并不会专美，
或宽恕任何一个人。

时不时地蔓延成一片荒原，告诫自己要保持警醒。

你就是那一代什么也没有赶上，但也什么都赶上的人。考大学赶上扩招，运气不错念了听上去还有点名声的学校，可是上一届全系才四十多人，毕业时还有所谓的“计划分配”一说，很多人不用抛头露脸去找工作，便有单位主动上门要人。可是到了你这一届，光本科就有一百四十多人，竞争压力大了，计划分配没了，没有网络的时代，所有人都茫然地奔波在各大人才市场，在熙熙攘攘中怀疑自己的能力、价值，迷失了方向。

那一年的三月，南京的天气在数度寒潮中仍没有回暖的迹象，北苑物理楼前高大成林的玉兰花期已至，胜雪一般。

某一日，你从人才市场铩羽而归时路过，看到物理楼前也是闹闹嚷嚷的人群久久不散。听闻有人选择在此处跳楼，人已经不治，亲属大概已经赶来，在楼前空地上祭烧纸火，哀嚎声声，忽然间觉得仰头便看得见的曾经文艺范十足的玉兰也阴暗晦气起来。

又隔数日，才知道是同届别院的一位女同学，说起来与你也算是认识，都曾经在社团里一起排过话剧，虽然接触不多，但感觉应该是个开朗乐观的姑娘。人走了，身后事却不太平，赔偿的事情听说也兜兜转转，至于传言更是五花八门，有人说是情伤，有人说是求职受挫，但可以肯定她误将天台当作出口，逃出束缚摸得着星空，却折翼跌落，空留叹惋。

你在物理系的同乡抱怨实验做到苦闷处再也不能上天台抽烟了，因为那道门已加固了铁条焊死。你陷入谋生的困局里，哪有时间去过问求证，只是你留心发现南苑广播站那幢民国小楼再往深处走走，有一扇门上多出一块心理咨询的招牌。

你怀着对于谋生的敬畏，在爱好与生计之间选择了生计，并且人为地将它割裂开来，拼尽全力左右平衡着。你庆幸的事情是在年轻一点的时候，过了几年“花最少的精力取得生活所需，给予最大的热情投入兴趣爱好”的日子，虽然此后事业上越来越顺风顺水，但你常感私人空间越来越小。

生计占据了人生精力，你常常连静下来想一想的念头都没有。你又活回到流水线上，没了思考，依着惯性，事情来了，头也不抬地冲过去处理，这个还没有收尾，那个又跳出来，再扑上去，周而往复，没完没了。

你庆幸在工作十余载之后，还有人拉你一起做梦，为一本杂志写稿，为每期的选题谋杀脑细胞，你虽不在意那微薄的稿酬，但每每听到自己执笔的文字有了回响，仍旧会有所谓的成就感。

你一直认为人与人的相遇其实就是一场“合并同类项“的机缘，拉你一起做梦的同行人，初认识的时候还在报社跑条线，那个时候你还在做宣传，你们曾经在你原来工作大楼的天台上聊过一些私人的事情。这也常常令你感慨，若不是有当年，又何来的现在。

后来你们都不在原来的岗位上了，除了每期的编辑部的会议也鲜有联络。有一日，她电话你，说是要到你工作的新大楼拍摄附近的省道，你忙着应付上级的检查几乎都忘记了。等到你回复她的时候，她说已经拍完，新大楼的视野特别好，远远地能够看见整个城市的轮廓和边际线。而你搬进新大楼，却一直没有去过天台。

又隔了一段时间，有一个小范围的聚餐，送别与自己共事的人，多少有些伤感，想起来我们每个人都怀揣不安，在各种选择面前审视自己的初心。有人选择继续留下来，除了一份熟悉的情分，还有体制机制的一份成全；有人选择全身而退，只为欠了家人的“偿还”，将物质的需求放至最后，将陪伴的长情放在眼前；也有人怀抱着对未知境地的恐惧，在变革的洪流里不知左右，等待着被机遇之手打捞起。

那一日应酬结束，你按错了电梯，带着几分酒意上了天台，四下清风不似当年。你不记得那一晚的夜色、星空、城市轮廓以及万家灯火。你只是隔天醒来，在手机里翻出一堆失焦的照片，如梦一场，心里滚烫。

那一年，南京下了一场大雪

那一年，南京下了一场大雪，还没到九点，公交车就都停了。寒假打工的服装店里，店长做了一个很大胆的决定，全体提前下班。大家都没有欢呼，只是静默地忙着手上的活计。因为雪天顾客少，一整天站下来，除了底薪，提成的收入大概还不够三餐的费用。

其实下午五点过后，街上就已经行人寥寥了，提前打烊大概也是节约成本之举。大家伙七手八脚收拾完，时间也快十点了。我俩从新街口一脚深一脚浅地往鼓楼方向走。

平时，十点打烊，手脚快点能赶上新街口往大桥方向的末班车，到鼓楼下，只要一路小跑就能赶上宿舍关门时间。偶尔错过末班车，就得步行回鼓楼，虽然只有几站路，但必定是要错过宿舍关门的时间。

你住的八舍宿管大婶总归还是好说话一点，给她看过打工地方的工卡，也就放过了。是啊，一个女孩子站在宿舍门外不让进，不就是逼着她在外面过夜吗？几年前刚出过一起轰动全城至今未破的命案，人心惶惶，万一女孩子在外留宿有什么闪失，谁也担不起这个责任。

我住的十一宿的宿管原先是位南京郊县的大爷，操着污淖淖的南京口头禅，常常叫死了也不开门，躺在临近大门的值班室里骂骂咧咧。宿舍门口常常聚集三三两两晚归的学生，逼急了大家也不管，搭把手从二楼宿舍的窗户翻进去，这一来二往也认识了不少朋友。

过了一学期，换了一个宿管，人稍微好说话一些。每每碰到晚归的学生，终究还是脸拉得老长。披着衣服从被窝里出来开门，然后丢一句，怎么又是你们。有人说要打工挣学费，有人说省钱舍不得坐公交。新宿管大爷半信半疑、嘀嘀咕咕，但还是把门给开了。后来，我们才知道，这个老家在淮北的新宿管大爷，也有一个儿子在南京念书。

那一晚的雪，一直纷纷扬扬地飘着。临近春节，整个城市像被掏空了一般，除了路灯和修了枝丫的梧桐树立在道路两侧，整个城

一切新鲜过后，
静下来后让人感受到温度的，
仍旧是城市上空的那些声音。

市仿佛只剩下我们俩。

我半路脚底一滑，重心不稳，摔了一跤，一屁股坐在马路上，相当狼狈。你上前将我扶起，但仍旧止不住地大笑，四下里太安静，整个城市上空都是你的笑声。

你搓着手说，好冷啊。我想伸出手去抱你，最终却只敢搂着你的肩。你没有闪躲，也不说话，往我的耳朵里塞上耳机。不记得是吴继宏，还是张艺的广播节目了，只记得李宗盛唱着，春风再美也比不过你的笑，没见过的人不会明了。

我们就这样一脚深一脚浅地走到了广州路，小粉桥路口有一家馄饨挑子还没收摊，远远地便看见红红的炭火上有热气腾腾的滚汤。

我说吃点东西吧，你看了看随身听上的时间，然后说好的。我知道大概又要误了宿舍关门的时间了，但我知道，晚饭时吃进肚子里的东西到了这个点，大概也消化得差不多了。

做馄饨挑子的是一对老夫妻，他们借了沿街的屋檐常年在此摆摊。大概是天极寒，那一天他们用不知从哪里捡来的广告布和竹竿做了个临时遮风的围挡。只是这雪花不是雨，依旧纷纷扬扬、不管不顾地落在支起的小桌上。

老妇人看见你走近，便主动招呼起来：啊是一碗，多加点儿汤啊？你笑着模仿她的南京口音说，不是的，今天来两碗，都多加点儿汤。老妇人笑呵呵地应承着，在老伴刚刚多加一份的汤锅里又补了几只馄饨。

放寒假后，广州路以学生为群体的夜食档生意冷清了不少，很多家都撤了，只是这对老夫妻还是风雪无阻地出现在这里，慰藉寒假里因为各式各样的原因不能回家过年的学子们。

我去付钱，掸干净落雪的桌子，将给你的塑料板凳往背风的地方移了移。你默不作声地站着我身后，忽然一把就把我抱住。我一怔，本能地想挣脱开，但触到你环抱的胳膊时便停住了。我转过身，把你搂得更紧，觉得心里暖暖的，想起了李宗盛的那句歌词，猜想春风拂面大概就是如此。

老夫妇掩面笑了，装作没有看见的样子。我猜想他们见过太多的学生情侣，从我们头靠头分享一碗热汤，到我们相拥在这落雪的晚上。

雪花在暖黄色的路灯光束里飞舞，你眼睛闪着莹莹的光亮。你说是这一碗的辣油加得太多了，可是我知道你明明都还没有尝。

又一年大雪，纷纷扬扬断了交通。我出差在连云港，因为长途车停运没法回南京，而你在更遥远的大洋另一边，因为手头紧没法回来过年。

我已经出社会工作了，而你还在念书。我们因为这样的选择起过争执，又彼此妥协。我说，男人和女人的责任不一样，我得养家了，见不得父母一把年纪，还在为我那么辛苦。你说，你其实也一样，只是不想放弃当初的梦想，你会自己想办法筹措费用，不让家里雪上加霜。

同样天寒路滑，我一个人从马腰一路步行到墟沟的网吧里上网。那几年，我们隔着大洋，隔着时差，靠着 MSN 和 Email 保持联络，说着彼此的近况，只字不提人生中还有没有再见相逢的可能。

那一天，你因为要赶实验报告通宵挂在线上。我给你发校友拍摄的南苑雪景，你说真怀念一起读书的时光。我问你那边的情况，你说圣诞假期放纵了一下，没有打工约了同学北上，也有一些雪景照片在相机里，但不知道如何导到电脑上，也许隔天可以找同学帮忙。

数天后，我回到南京，大雪已经消融殆尽，只剩下道路两侧和绿化带里随意堆着发灰发黑的残景。我在办公室收到你的邮件照片，你们一票人合影，唯有他小心翼翼地搂着你肩头，与当年的我一样。

后来，我离开南京定居苏州，而你也完成了大洋彼岸的学业，跟着他移居南半球。我们之间隔了大洋、隔了时差，又隔了四季的交替与轮回，我们仍有彼此的联络方式，但却不再交代各自的近况。

再一年大雪，我在南京出差，困在应酬和生计里不得脱身。那一晚从“1912”出来，与别人拼了一辆车回河西的住处。因为司机要先送同行的客人，车子拐到了广州路，看到街边仍然有夜排档的摊位，跟司机谎称因酒醉要吐，临时决定提前下车。

学校还没有放假，夜排档与当年并无两样，只是我再也没有找到那对老夫妇的馄饨挑子。

那一年大雪夜，我们喝两碗馄饨的屋檐下，有几个学生模样的女孩子摆了个极小的摊子，卖手机壳、充电宝和自拍杆等杂物。

我站在那边看了良久，肩头积满了雪花。

走的时候，我偷偷地拍了一张照片，趁着几分醉意发在校友录里。

久居江南，一直暖冬。女儿到了能读幼儿园的年纪，仍旧没有见过雪的模样。昨夜纷纷，今早晨起，大学校友群里“雪迹”一片。留校的老同学一如往常依旧晒着南苑雪景，我也随手发了一张女儿在院子里玩雪的照片。

潜在校友群里久不作声的你，于众人纷扰的图文之中，留了一句：最美的不是雪天，是你陪我一起躲风的屋檐。

我喜欢他们呈现出来的状态，
那是一种不管身处何处都不放弃
“将日子过成诗”的状态。

你所怀念的不过是无法重来的青春

我们那一个年代出生的人，青春期恰好赶上了港台青春偶像风潮北上。在视野不足和想象力匮乏的年代，他们弥补了我们在现实世界无法寻找到合适范本的缺憾，在压抑约束的苦闷青春中投射下一束光，也顺理成章地成了我们无知年少时的“梦中情人”。

有点年纪之后，拜娱乐八卦产业所赐，借由各种管道，慢慢了解娱乐业态里面的“造星术”，也慢慢分清了各位偶像在镜头前与私底下之间的区别，那些年少时心仪的偶像至此抵达分水岭，有些被毫不留恋地舍弃，有些则被小心翼翼地珍藏，伴随成长。

在我尚有青春可言的年代，追随偶像其实是一种潮流，如果没有一两位崇拜对象，就会有与时代脱节的惶恐感，而我的“梦中情人”叫孟庭苇。第一次见她是在同学买的卡带上，干干净净的短发，不像是个歌手更像是个学生。大概是这第一印象过于深刻了些，以至于多年后对短发利索的女生总有莫名的好感。

追随我的“梦中情人”，始于上华，止于新力，除了音乐并无再多交集。那个时代的唱片歌手比较纯粹，不必为唱片宣传东奔西跑抛头露面，然后就是网络时代的到来，实体唱片被冲击，她和很多歌手一样就此淡出。再后来知悉她已嫁人，出了一些佛音作品，而这个时候，我也进入社会，认知现实残酷。再听到她的消息，已经是婚变的传闻。当年的一句“你若安好，备胎到老”，说到底就是一句不知深浅的玩笑。

偶像其实古已有之，宗教信仰、精神领袖这些角色，如果硬扯其实都能算得上偶像，但对于内地民众而言，真正拥有娱乐大众的偶像的年岁并不长，掐头截尾地勉强算起来，也不过是从上个世纪七十年代末、八十年代初开始至今，大概就三十年多一点的时光。

经过这三十余载的洗礼，娱乐大众的偶像之于青少年成长有何正向的意义以及负向的能量，多半已经讨论完毕，更有媒体专栏一语道破，“少年第一次心跳的引擎就是‘梦中情人’。”茫然四顾的青春恰遇理想化的人生范本，无处可去的欲念撞上可供幻想的符号图腾。

最近几年,曾经遥不可及的港台艺人频繁地出没于内地,而一些已然淡出一线的偶像们在一些四五六线城市更是寻常可见。对于很多曾经的粉丝而言,终于在家门口一睹曾经偶像的风采应该是件值得庆幸的事情,可是很多人与我谈及的感受,常常是种时不我予的流逝感。

当年胶原蛋白满满的脸孔虽然在镜头上看起来完好如初,可是在现场看起来连笑容都是僵硬的;原本以为他是那么高的一个人,却不曾想现场看矮得找不见人;原来以为他戴帽子是为了拗造型,不曾想还是盖不住那雄性秃。还有一些人,从偶像一个一个地离去之中,感知到上帝并不会专美和宽恕任何一个人。

如果你与我一般年纪,活到今时今日最大的悲哀,便是看到一个又一个偶像离我们而去。似乎一过了二十五岁,便开始有一些曾经熟悉的偶像陆续从我们的视线里消失。有的离开娱乐圈,从此过起平凡人的生活,再次从八卦媒体上遇见时,已经脱了当年的神态,空余一副形骸,恍若隔世一般;有些跑得更远,撒手离开了人世间,纵身一跃者有之,敌不过重症者有之。偶尔听到坏消息,心底涌动的往往并不是痛不欲生的悲怆,而是没过心底的凄凉,有一点“前不见古人,后不见来者”的意味儿。

当年的粉丝已经成长为拥有话语权的行业翘楚，再不济也是拥有购买决策的消费者，而当年追随的偶像多半不可能是如今线上仍旧当红的。与如今还有诸多可能的当红偶像相比，这些过去式的娱乐偶像，因为归于沉寂反倒呈现出稳定的特质。再世俗的琐事，一旦与青春和情怀扯上关系，总能让人轻易抓到激发共同回忆的线索。再不舍的痴迷，一旦与生计和劳碌沾上边，总能让人在现实面前轻易放下。

可是，真的能就此放下吗？其实并不会，纵使明珠蒙尘，可是曾经的光泽仍在心里，回想起来仍有丝丝的甜意。偶然在街头的咖啡馆里，听到某首怀旧的曲子，会情不自禁地随着哼起来，旧时岁月里的细节挡不住地涓涓地流淌出，某个动情处你会泪眼婆娑。

你知道，你与偶像之间并没有什么值得纪念和珍重的情义，也没有什么可以抵御时光侵蚀的交流，你只怀念你自己不可以重来的青春，而那些偶像只是让你迅速陷落回忆里的确切线索。

兴趣是最好的老师，你对什么感兴趣，你就会想方设法地挤时间去折腾。

你的声音曾经温暖过谁

去过的城市应该不算太多，关注的 DJ 应该也不算太少，可是数来数去，城市上空留下温暖印迹的声音，大概也只有那几位，而一再被怀念的城市电台，大概也只有那几间。

记忆里最初温暖的声音，是中央台的少儿节目《小喇叭》。在那个缺乏玩具、没有漫画和电视的年代，在那个仍为衣食担忧的岁月，那部老式的红灯牌收音机就是一个奇幻世界。流年偷转，所有回忆的烟云都已散尽，那个熟悉的片头依旧充满魔力。“答滴滴答，答滴滴答，小喇叭开始广播啦……”

夏日里，晚饭花开满小院，蝉声渐止，晚风轻拂，空气里有花露水和痱子粉混合的味道。嘴唇紧闭、不爱说话的男孩，扑扑直跳的好奇心……不停地搬家的童年，很多朋友来不及熟悉就要分开，似乎只有那个小盒子里传出的声音才有熟悉的温度。

似乎有些漫长的青春期，如同黄梅时节的纷纷扬扬永不停歇的雨。一场车祸带走了少年时代的好友，目睹生命的凋谢，嗅出鲜血的腥味，郁郁寡欢的中学时代。会在很晚的时候拧开收音机，来抵抗失眠和恐惧。有两个温暖的声音会一直印在记忆里：一帆、吕玫。

《音乐航班》《七彩音乐杂志》均是大而全的音乐节目，从内地原创到港台风潮、从日韩新曲到欧美老歌、从排行榜单到金曲回顾，在那个还是卡带随身听的年代，这种类型的节目对尚未对流行音乐起茧的耳朵还是最合适不过的。大而全的音乐节目其实很见功力，也一直感谢他们在我形成自己音乐好恶标准之际，传递给自己很多正确的取舍参考，比如：那些源自内心创作才有感动他人的可能。

然后某个冬天，一位来自西安的歌手张恒唱了一曲《天堂里没有车来来往》，淡淡的民谣旋律，温暖的嗓音隔着收音机传出来，泪流满面的我在他的歌声里看见了逝去的一幕幕悲苦交集。

终于读大学了，去了省城。与千余学生沦落在浦口校区。那里的生活是极为单调的，过了傍晚五点，基本上就与外界隔绝了。图书馆、期刊阅览室、电教中心、三角地、卧谈会，操场上的露天电影、体育室里的交谊舞扫盲班……一切新鲜过后，静下来后让人感受到温度的仍旧是城市上空的声音。

大卫、吴继宏、黄凡、李强、张耿，以及后来的张艺、景新。听大卫的节目应该算是中学时代的延续，很快便开始对排行榜类的节目失去了兴趣。或许是视野开阔了，开始思考存在价值的问题，所以总觉得太浮在表面不够深入。好在吴继宏及时出现，一条《华语唱片街》走了好几年。那个时候，她总是有精妙之语，不觉中让人有拍痛大腿的畅快。每晚追随她的声音，从文艺台转到音乐台，直到说完晚安才合眼。黄凡的节目让人觉得温润谦和，李强的节目让人觉得忠厚踏实，张耿的《新碟试听间》里面会有新鲜的东西，至于后来张艺和景新，由于机缘的关系也只是听到了他们最初的勤力。

毕业后，在北方的一个海滨城市工作多年。那里多山，经济欠发达，本地的调频尚不能完全覆盖。打开收音机，一番努力地搜索之后，那个城市上空除了海风吹过的声音，剩下的便是空寂。与那个城市的中波节目的 DJ 有过私人的接触，做得最多的事情就是帮着看看有没有完成广告指标的可能，一半以上的心思花在应付生计问题，剩下做节目的精力可想而知。

后来，我获得了外送培训的机会，在昆明一家平面媒体里做实习编辑，跟一个作家出身的副刊编辑前后半年，学识不见长，但无事便于寻常巷陌里游走。与那个陌生的城市耳鬓厮磨，也算是体味出它别致的情韵。未曾到过之前，总觉得它是未开化之地，是文化沙漠；但投身之中，才发现自己的思维定势，大错特错。当年，本地报纸竞争已算激烈，天空中的频率也有不少。虽然那个城市没有像样的高楼，但却有好几档做得不错的音乐节目。时间太短，没有记住任何一个名字，但一档类似《铿锵三人行》的文化类清谈节目，以及一档以“小我”为出发点串起歌曲的音乐节目还是留下深刻的印象。

偏安于江南小城，听附近繁华大都市覆盖过来的电波。强烈感受那个大都市特有的商业氛围节目中除了 DJ 们念开场白，结束语以及互动参与方式，就只剩下音乐声了。不过似乎还有一个例外，一个双休日凌晨的代班 DJ，一个讲话连语感都不很连贯的女子，会用整晚跟你讲麦兜的故事或者读村上春树的小说，也算是商业社会里面最后的遗存。

前前后后近十年左右的时间，我坚持每周更新网络广播节目《来自我心》，后来又在本地电台兼职代班周末档的广播节目，再后来由我执笔文案的节目《回味唱片》《音乐爱旅行》也在一些广播平台上落地播出。自己不曾想过会有朝一日，成为某个城市上空的声音。若干年后，遇到旧时人还会跟我讲，你的声音是温暖的，但我只能回复他们一个笑脸，因为我知道是那些曾经温暖过我的声音，在历经岁月之后，变成了可以温暖他人的力量。

作为广播边缘人，这些年我接触到越来越多天南海北的广播人，从一个三流的网络节目主持，回归到自己作为业余码字人的身份，参与电台文案包装等工作上来，我慢慢地觉出这个行业的辛苦与不易。比起电视媒体团队协作机制，广播媒体更多的是单枪匹马。作为灵魂的主持人本身的素养以及对各类信息的吐纳几乎关系到整档节目的走向与品质，而整个行业的成色就是城市天空的文化底色。

今时今日，偶然有这样的机会可以回望一眼自己与广播的缘浅情深，应该在某种程度算是一种崇拜和纪念。就像我在毕业若干年后，偶然有机会出差南京，深夜睡不着用手机 APP 搜索曾经熟悉的温暖声音，在某间名头并不文艺的电台里再次听到吴继宏的名字，惜字如金的言辞，严重缩水的节目时间，忽然间发觉很多时光隔在过去与现在之间。回去之后，我将那一夜的感慨写成信件，寄给了她，絮絮地说了些关于在事业爱情上的偏安，在年轻同事面前的惶恐，洋洋洒洒，不着边际，曾经听到过的温暖以及自己前行过程之中的艰难……

后来我的那封信，她在节目里一字不落地念了。那期节目，我在南京的网友非常有心地为我录音存档。我有认真地回听，在节目的末了，她淡淡地说，她做广播的年代已经过去了……

我终于知道为什么越是平淡的生活越能消磨人的意志和情怀，这样的状态如果不使劲拧巴着，可能都会沉沦得连渣都不剩，更不要说所谓的诗和远方了。

吉庆街上没有来双扬

赶在天气还未真正热起来之前，去了一趟心心念念的武汉。晚上八点多，车到汉口火车站。出得车厢，武汉给我的第一印象只有四个字：扑面而来。

也许是我过去近四十年的人生，始终不曾远离江浙沪的关系，习惯那些温婉含蓄的表达，疏离清淡的陈述，而眼前的武汉，如同一面高墙一般立在我面前。声音、温度、气味各种可以杂陈的内容，以一股脑不容半点回旋的姿态蜂拥而来。

我背着双肩包，坐地铁 2 号线到循礼门站，中转 1 号线，去往大智路站。周六晚上九点光景，地铁上没有我预期的都会人潮，清净地保留着若干空位，慰藉我远道而来的疲惫。我以为我误会了武汉，但等到转至 1 号线，我便更加坚定了我对武汉的第一印象。

人头拥挤着聚集在高高的换乘手扶梯上，迎面而过的面孔，因为太过繁密，在视线里失了焦，重重叠叠地混杂在一起。尽管扩音喇叭不断重复着提醒：不要低头玩手机，留心脚下，可是多半的人仍旧低着头，对着荧荧的屏幕蓝光。空气里弥漫着工业文明繁盛后的人际疏离感。

在循礼门站换乘等轻轨的时候，高架站的视野能够穿过城市楼群的缝隙，而就在不远处便是一处夜市，灯火如昼，人影浮动，市声喧哗，脑海中即刻联想到我曾经在纸面上读到过的武汉，而我与武汉的关联，其实也就是自池莉的小说《生活秀》开始的。

离这篇小说发表至少有十来年的光景了，我大概先是在《小说月报》上读到，过后又买了书，因为实在是喜欢。字里行间，吉庆街的人间烟火，来双扬在市井生活里练就的一套生存技能，朴素动人，不可磨灭。所以，我对武汉的期待便是那扑面而来的烟火味儿。

循礼门到大智路只有一站的距离，从轻轨站下来，在沉沉的夜色里，我意识到我立在一个巨大的工地上。后来，我才听说武汉同时在建六条地铁。此后数日的武汉游走，我更加深刻地体会到全城工地的生活不易。每当我想举起相机或者手机想拍点什么的时候，取景框里总有规避不掉的塔吊管桩、架空电线、工地围挡。

住在数码港附近，楼下就是一条过江隧道的入口。手机地图告诉我吉庆街便在附近，却极难在夜色中寻得，人生中第一次在陌生城市中失去了一直以来引以为傲的方向感。

收拾一番，便从数码港往江滩方向走，去吃出发前很多人推荐过做小龙虾的店。错综复杂、细枝末节、歪歪扭扭的街道，被整修工程夺去了平整，有年代感的旧时建筑在夜色中如体积庞大的鲸鱼一般隐没在浓荫之中。

晚上十点多光景，市声依旧喧哗。途中路过多处酒吧，透着窗子也能感受到里面荷尔蒙四溢。没有酒吧的寻常地方，也是人头涌动，路上走着人，路边站着人，墙角蹲着人。夜色似乎才是这个城市生活秀的真正舞台，我内心里似乎更加肯定十余年前纸面上的武汉依旧活生生地冒着烟火味。

江滩上也有人，但至少有习习的夜风，对岸便是武昌，亮化工程连在建的楼盘都做了，却总感觉格局似乎小了一些，不像站在上海外滩会有“隔岸观火”的炫目感。对于久居长江下游的人而言，面对收窄了的江面，两座目光所及感觉距离特别近的长江大桥，心里会产生对长江认知上的错位，总感觉哪里不对。

武汉的第一餐，是与朋友一起吃的，一位资深的广播人，也是一个全身而退转型去做节目播出集成平台开发的广播人。身体健康状况也许已经不允许他再碰江河海鲜此类高蛋白的食物，但因为我这个异乡客的到来，他还是吃了今年以来的第一餐小龙虾。

席间，免不了会聊到广播行业来来去去的那些事儿。这几年，网络媒体冲击、网约车兴起、收听人群的流失，传统媒体的广播一直在各种变革中寻找突破口，陪伴化、碎片化、网络化，似乎每一次折腾都催生了一些什么，又失落掉了一些什么。

现如今的电台已经没有多少精品节目，很多电台就让声音或者音乐如流水般地淌着，而为了求生，广播转战活动、团购等能够活下去的领域，1992年前后的广播变革所引发的“广播造星时代”在某种程度上已然结束。

他花了十年时间一直在做直播平台的开发，百万首无压损的音乐曲库，每首歌前奏间奏主歌副歌时间标注、随机选曲偏好排单、电子播出单签审流程、切歌淡入淡出、人声与音乐节奏切合等等。

当年他还在做节目的时候，那些靠着多年经验积累才可以把握的火候、靠着调音台机械推子的手感去完成的创想，现如今只需要点点鼠标便可以完成，然而他也感慨很多功能在一些广播主持人眼里并非必要。

早年，我帮他写过一段时间的节目文案，当然，他也知道现如今的我离广播很远。他问我来武汉做什么？我说来散散心，顺便也说了说，我离职之后的状态以及内心里一直存有的疑惑。此前，我一直坚定地将爱好与生计分开，我很难预估此后，当我将爱好与生计混在了一起，是否还有能力保持住初心。

他没有直接解答我的困惑。他说，我带你去看看现如今的吉庆街吧。餐后继续步行，他为我讲解沿途城市的变迁，我慢慢找回了一些方向感，明确地感知到是往来时的方向，然后我们就到了那个我在入住时曾留心到的隧道口。他指着对街的牌坊说，那里就是吉庆街，那个牌坊是原来的主入口。

一条隧道切断了吉庆街的人流动线。我们绕了一小段路，踩过市政整修开挖的工地，脚踏实地地站在我曾经在纸面上读过的吉庆街。确如所述，吉庆街灯火通明，桌子一路摊到了街心。可是，每一家都有三三两两的客人坐着。偶尔有看场子大哥模样的人物,迎面过来用汉味的方言招呼我们,里面有两人的桌子。我们摆了摆手。他对我说,有几年没有来了,只知道它冷清了不少,但没有想到这么冷清。

早些年唱片还行时,歌手艺人常常来武汉宣传。下了节目,他也会带一些艺人来吉庆街看人间烟火。那个时候吉庆街特别火爆,以客人点歌为生的街头艺人,有点名气的都能过百,唱得好的也不在少数。他说,来双扬的原型也在这条街上摆摊,可是终究还是市井小民的格局,一直没有机会做大。我记得她架子车上还有她与电视剧版生活秀主演的合照,大概就是那边的侧街,我带你去找。

转到侧街,灯火一下子暗了下来,没有夜排档、没有架子车,也没有来双扬。那个纸面上的武汉,在我眼前一瞬间灰飞烟灭,而我内心里存留已久的困惑,在那一秒似乎也找到了答案。

站在春光里，
我就开始明白所谓的“小确幸”
不再是个生造的文艺词藻，
而是具体的、可感知的温暖。

那个乌桕树下的白衣少年

事隔多年，我依然会偶尔想起他，想起他站在故乡老电厂大杂院的乌桕树下，深秋余晖透过他宽大的白衬衫拖长一个青涩的轮廓，想起他笑起来并不整齐的牙齿，说话时微微收着下巴的样子……隔了快二十年的光阴了，他依然是青涩少年的模样，一点都没有改变，也没有跟着我、跟着时光一起老去。

童年生活总是在不停地搬家中度过，集体宿舍、筒子楼、大杂院……我睡过无数张陌生的床，并在上面辗转难眠。父母在事业上的进取心，让我成了一个包袱，从这个城市辗转到另一个城市，以借读的身份在各式各样的学校里读书，并且忍受很多来自老师和同学的莫名歧视。

我交最多的学费，却因为跟不上课业进度而总被留堂，几乎与学校任何的课外活动、评比评奖无缘。我的课桌总是在最后一排的角落，每次站起身回答提问，后背几乎要贴在黑板报上。小学六年，我读了三所学校，很多同学来不及熟悉就要转学了。我几乎没有朋友，甚至没有一个可以说说话的同龄人。成年之后，我成了一个重度“脸盲症”患者，常常有认不出几面之交、叫不出他人姓名的尴尬，我不知道这是我内心里天生的冷漠还是与童年动荡的经历相关。

在我孤寂自闭的小学阶段即将结束之际，父母也终于“老去了少年心”，开始安定下来，做一些踏踏实实的事情。我一直记得第一次拥有自己的房间、书桌、衣柜的欢天喜地。稳定和谐的成长环境，对一个孩子成长的极度重要性一直被我记着，等到我也为人父时，面对职场发展和照顾家庭的两难选择时，我便下定决心不要让自己的孩子再重走自己的老路了。

他算是我第一个长时间相处的朋友，长我两岁，是我家的邻居。我第一次见到他的时候，就在我们刚刚落脚的住处，故乡老电厂的一个大杂院里面。那个大杂院中央有一棵粗大的乌桕树，上面系着各家的晒衣服的绳子，晾着花花绿绿的生活底色，他家的绳子就紧挨着我家的。

刚搬进大杂院的时候，我仍旧是一个自闭的孩子，走路总是低着头，不爱和陌生人说话。漫长的暑假，我就像一个无声无息的影子，大杂院里的人几乎都没有意识到多出了一个孩子。直到有一天，我在收衣服的时候遇到了他，他主动过来跟我说话。

他穿了件不太合身的宽大白衬衫，站在那株粗大的乌桕树下，忙着收衣服，深秋的余晖透过他单薄的衣衫拖长一个青涩的轮廓。他看见我就笑了，露出不太整齐的牙齿，然后说，嘿，小孩，见过你，你是这个院的吗？我点了点头。他接着说，我看你其实个儿也挺高的，可总是低着头，显得个矮。我爸说，做人要挺着胸膛，就像我这样。他半开玩笑式地拍了拍胸脯，全然不顾绳上未收的衣衫还在他头上招摇，我见到那个场景，也不由地笑了。

后来，我们就渐渐熟悉，自然也就有更多的共同话题。我们在同一所学校念书，他高我一个年级，一起上学放学，在院子里做作业。他的父亲是一个退役的军人，所以他总是贩卖和编造一些英雄的故事来讲给我听，说得天昏地暗才肯罢休。我也慢慢开始学着表达自己，讲过去自己在各个城市中的生活，模仿当地人说话的腔调。我惊奇地发现自己变得不再那么沉默，见到陌生人不再那么胆怯，待人接物不再那么慌乱。

我们一起经历了青春期最叛逆的阶段，一起逃过课，在黑漆漆的小录像厅里面看劣质的港产电影;一起躲在操场观礼堂的角落里,偷学大人抽烟被呛得泪流满面;一起被罚跪在乌桕树下,趁家长不在的时候,交换口袋里面藏着的食物。我们像所有的死党一样,有着同历磨难的“革命情感”,经历成长中的阵痛与不安,然后有一天明白事理,突然安静下来。

高中阶段,我们恢复了本来的面目,依旧是安守本分的学生。他虽然偏科现象比较严重,但理工科的成绩一直非常突出,并且代表学校去参加全市的化学竞赛,很多老师都看好他的表现,觉得他再努力一把一定离读名校不远。可就在快会考前,一场突如其来的车祸却让他永远地留在我的记忆里。

我依然记得那个微凉的夜晚,下晚自习骑单车回家的归途。我听得见秋虫瑟瑟鸣叫,街巷里遥遥犬吠以及我们的高声谈笑,然后在离家不远的丁字路口,一辆为了逃避缴费趁着夜幕慌张出城的农用车的轰鸣声淹没了这一切。

我们有太多的经验来自于影像、书本以及我们理所当然的想象,比如我们没有恋爱但读过爱情小说,我们没有看过美人鱼,但听到过童话故事,但当我们第一次直面死亡的时候,我们才知道它的挣扎与痛苦,才明了它的盛大与喧哗。我眼睁睁地看着他在我的面前抽搐、流血、呻吟却无能为力，只有流泪和悲鸣……

我此后的高中生活因此变得十分的灰暗，我常常会想起那一幕，想起他给我生活里面带来的不一样的光亮。我以为我会一直走不出去，陷在一种莫名的自责里面，但时间是一条冲刷伤痛的河流，它抚平了记忆里悲痛的皱褶，但却抹杀不掉怀念。后来我考取了大学，去了省城念书。再后来我毕业了，在不同的城市间辗转。我偶尔会想起他来，当在街边遇到并不是寻常可见的乌柏树时。

离开故乡前前后后二十多年的时间，我只有一次机会重回过那里，在老电厂拆迁前。当年大杂院已经被推成了一片记忆再如何拼凑也拼不回原样的废墟，那株乌桕树不知被移植到了其他什么地方，留下了一个深深的坑和锯掉不要的枝丫。我捡了几片叶子夹在书里留在身边，若干年后一次搬家的途中，那几片叶子在几番折腾里碎成了粉末，在我的人生奔波中再也寻不见了。

在那个当下，我内心有几许遗憾，但也明白是时候该跟他说再见了。

每次去某个陌生的地方，
去的时候总觉得路途遥遥，
时间过得极慢，
一分一秒都是煎熬，
可是回来的时候，
时钟仿佛被动了手脚，
很多事情来不及细想，
仿佛转眼便到了。

愿每一处人生艰难都有微光照亮

世间本没有什么长情

这几年因为参与做杂志的关系，多了一些与人接触的机会，也陆陆续续听来一些故事。虽然我自己也知道，这些听来的故事里还有一些是需要进一步考证的，但每每听到此类故事的时候，心里面仍旧有“咯噔”一声，世事历练的麻木之处仿佛又松动了一些。

有一次采访，遇到一个开咖啡店的男人，年届四十，板寸、精瘦，独身。采访原本是沿着其他脉络走的，快结束的时候闲扯了几句，就不知道怎么会跑题到创业上来了。他说他原先不是做这一行的，当初计划也是子承父业接手家族的小印刷厂。开咖啡店是因为七八年前，在朋友的聚会上认识了一个女孩。

他说自幼家里管束比较严，在认识这个女孩之前，几乎没有谈过恋爱。可是见女孩的第一面，就觉得莫名的亲近，两个人之间似乎有聊不完的话题。女孩不是本地人，但非常有自己的想法，只身

人一辈子真得不长，而我已经在不经意间过半，正走在归途之上。

人在一个地方住久了，就会有感情，就像现如今我已经将在此生活了十八年之久的城市视作为家了。

一人在这边租了个门面，开了间售卖手工杂货饮料的小店。他俩接触来往一年有余，虽然他没有领她回家，但他的父母也知道有这个女孩子，嘴上虽不反对但却从来不曾主动提及领回看看这件事情。

有一年快过春节，女孩突然跟她说，本地文创产业市场不佳，房东一直都想加租，她有心想将一半店面辟出来找个同类型的合作伙伴，但一直没有遇上合适的。如果房租到期仍然遇不上的话，她就准备收掉店铺，去其他城市找找发展机会。他听后一阵心慌，有心出手帮助却也知道她生性独立，怕是不肯接受他的馈赠。

后来他将这件事情讲给他一个朋友听，朋友帮他出了个主意。他暗地里出资，以他朋友的名义租下了女孩的半间店面，开了一家兼营售书的咖啡店。女孩果然留了下来，时间一长两个人的关系又进了一步，但他始终没有点破那半间店铺的事情。后来终于到了见家长的环节了，半间店铺的来龙去脉被长辈当作缘分在席间点破。他以为女孩会不开心，但没有想到女孩并没有介意。

吃完晚饭，他送女孩回去，女孩在门口跟他父母作别的时候，还有说有笑地答应日后再来。可是第二天，他就找不到那个女孩了。手机先是打不通，后来便是停机。女孩租住的房子里除了一些随身的物品外，其他的东西都还在。他托朋友帮忙、登寻人启事、上网查、报了警，用尽了所有的方法，却依然没有找到那个女孩。

很多人都说这女孩十之八九是遇害失踪了，但他始终不相信。因为只有他知道，女孩一定会介意他隐瞒了半间店铺的事情，而餐桌上所有的自然而然，在他的眼里只是强作的周全。他始终认为，她的消失只不过是对他感到失望而选择的不告而别。那几年，他意志消沉却不得不面对自己依然需要过活人生。后来他在宗教的力量里找到了平衡，盘下了那间店面，几次装修改建只是为了保持原貌，因为他不知道她什么时候会突然出现。

还有一次，我去跑一个美食采访，采访对象是位六十出头的老妇人，经营着一家有近三十年历史却只做咸汤团的小食店。结束采访后，我不免俗地尝了一碗店家的招待，味道的确很赞，其间免不了要跳脱既定的采访大纲，随便闲扯几句家常。我见她店面告示上写着只做到午市，便问她为何不延长经营时间。她答复我，最近几年体力不济，又找不到靠谱的人帮忙。我也感慨她这般年纪是应该退休享福了，没想到就此扯开了她的话头。

她说她年纪轻轻就守了寡，靠着开这爿小店独自一人将儿子拉扯大。儿子虽然学习成绩一般但早熟懂事，小小年纪就学着与她分担家计。眼看着儿子成人，她心里虽担心家境穷困，娶媳抱孙不知何日，但仍觉得苦熬这么多年没有白搭。那一年冬天，部队招去戍边的兵。儿子与她商量，在家帮忙顾店说到底也只是糊过这张嘴，将来要想自己成家立业，还是不忍心看她起早贪黑。她觉得孩子大了，说得也在情理，她虽然心里有万般舍不得，但还是让孩子去了。

儿子也是争气，没出几年就在部队提了干，拿了工资也不忘接济家里。那几年，她也觉得日子过出了滋味，换了店面火了生意，可心里却仍有一份牵念。她总想帮儿子张罗在家里相一门亲，可是孩子老是与她说不急。她猜想孩子是在外面开了眼界，多半是瞧不上家里的姑娘，可是在她的观念边疆多寒苦，有朝一日孩子总归要复员回来的，家里的姑娘多少还是知根知底些。

她没少操心，可婚事却一直不见眉目，就这么来来回回拖了几年，她就慌了。她说那几年常常好好地与孩子说话商量个事儿，可心里一急言语上就没了轻重。孩子虽然不敢在电话里顶撞忤逆她，可是自此遇事就不愿意与她多说，在家也不愿意多待。她眼看着娘俩的情分越发得生疏起来，想缓和又无计可施。

春节孩子是要回来探亲的，她却迟迟等不来归程的消息。她耳朵听着儿子说部队忙冬训还脱不开身，但心里猜想他多半是躲着她张罗的相亲。她自认哪个当娘的不愿意看到孩子成家的一天，更何况她苦熬了那么多年。直到腊月二十四送灶当天，儿子才来电话告诉她坐上了回乡的火车。她盘算着到家的时间说要张罗做饭，孩子说不麻烦了，店里面煮几只咸汤团就行了。

她没听孩子的，还是郑重地做了一桌子饭菜，可是热了又热，却没有等来儿子推开家门的身影。她守了半辈子的儿子，就这么不明不白地没了。后来部队给了她一份调查结果和一个烈士遗属的身份，那份调查结果很多都不能确定，唯一能证实是她儿子用火车站里的公共电话给她打完那个电话后，并没有登上返乡的火车。

很多人虽知已无可能，但仍然会在嘴上宽慰她，孩子说不定在执行什么秘密任务云云。她听了只是笑笑，因为她心里知道她与孩子之间的那个解不开的结在哪里。很多人跟我一样，惊讶“白发人送黑发人的痛”没有击垮她，她在无尽的孤单与想念中坚持了这么多年。她看出了我的疑虑，与我解释说，她不会就那么走了的，她后半生都在煮咸汤团给想吃的人，也会留好一碗等他。

偶然间读到法国天才绘画少年的作品《氯的滋味》，第一时间就想起这两个故事。虽然那是本特别简单的绘本，很多场景连对话都没有，但在这个特别简短的故事里，我真切地听到了那句留在我们每个人心里却来不及道别的话。也许，世间本没有什么长情，所有的执念多半只是自我救赎道路上的偿还。

节奏慢下来后，
平时粗线条的感观似乎被打开，
那些因为太匆忙而忽视掉的细节渐渐丰富起来，
周遭的人事物越发的清晰疏朗。

逆风而行，耳畔呼啸的都是催你向前的声音

他原先只是杂志社摄影部的一名普通摄影师，放在一干人等里并不起眼。除了分配的任务外，刊稿不多也不少，一切都是恰如其分的样子。后来杂志换了主编，风格开始往艺文方向上靠，贩售起情怀，他的作品便忽然显眼起来，刊稿渐渐变多，赞美的声音也随之而来。

那几年，他跟在文字采编身后跑采访，常常在完成拍摄任务后，并不急着闪人，而是会等到空场后，再用镜头捕捉周遭环境当中的一些细节。那些未见采访主体的所谓“废片”里几乎都是默不作声的静物。

我印象深刻的是他一次跟重症监护（ICU）值班医生的采访任务，拍了一张值班医生下班后挂在墙上的一件白大褂。文字里讲到值班医生长达四十八小时的工作终于结束了，而看到边上这样

一张配图，便有了此时无声胜有声的力量。

后来杂志社编制机构人员调整，原先多部门工种分工的结构精简成采编与运维两个部门。主编给了一个机会，升任他为采编部门的主管。

一开始，他是推辞的。一方面年资尚浅，另一方面对于文字他没有十足的把握。主编说不要紧，文字采编自有尺度，况且他本人也会亲自把关带上一段时间，主编看中的是他执行过程中的大局整体意识和细致敏锐度。

他觉得主编说得也有道理，况且这样的机会也是极为难得，最终还是应允了。他在主管的位置上没做多久，便听到不一样的声音。行政管理、人事调度方面的批评，他是听得进去的，但对于自己作品的批评，一开始让他感觉震惊，但听多了后，便开始自己怀疑最初的动机。

大概是被这样的声音左右了吧，到最后他几乎没有办法拍出令自己满意的作品来，颓然地面对着自己撑不起来的职位，感觉没有当初只是单纯地当一个摄影师来得自在愉快。他后来遇到了我，跟我讲了他的处境。我在那个当下并没有一个好的办法来开解他。于是，我给他讲了一个我在采访中遇到的故事。

这个采访对象一直称自己是“创二代”，虽然在大多数人眼中常被误认为是“富二代”。

下海潮之初，他父亲从乡镇集体的供销系统中出来单干，拉了一个灶头上的兄弟从马路边上开大排档开始，一直做到餐饮连锁分店开了十余家，旅游度假区星级酒店一间的规模。

他上面还有一个姐姐，与姐姐陪着父母吃过苦的成长经历不同，自他懂事起家境就已经比较殷实了。读书时，他成绩平平，周边总有些不三不四的朋友，父亲担心他学坏了，决计把他送到国外。那个时候，他也不知道国外求学的深浅，就是抱着去玩玩的心态出了国。最初几年只能算是花天酒地地过活，后来让他有所醒悟大概是因为两件事情。

一件是他在国外结识了一个同乡，成绩优秀不谈，还努力用功，一开始以为是吃奖学金的“苦出身”，后来才听说是某集团董事家的公子，家底子比他还厚。他这算是亲眼见证了“可怕的不是比你优秀的人，而是比你优秀的人还比你努力”这碗鸡汤的力量。

另一件事，是他父亲生了一场重病，鬼门关上走了一趟。他匆忙从国外赶回来，见到父亲躺在病床上，精疲力竭地跟他一五一十地交代后事，很多人情世故，很多来龙去脉。他这才意识到，这些年父亲扛了那么多的事情，吃了那么多的苦，而这个家、这些人和事到了最后，总归还得有一个人替父亲扛起这个担子。

父亲自生了那场重病后，戒烟戒酒、坚持运动，终于将身体健康视为第一位。他一番努力后还算顺利地完成海外学业，回国帮着父亲打理生意。父亲也有心将这家业传给他，常有借与骑友们出远门刷圈为由，丢下一些管理上的事务，将他推到最前面。

刚回来的时候，他也算是雄心勃勃，觉得在国外未必学了多少先进的管理理念，但与餐饮业相关的吃喝玩乐自己见识得还算不少，一心想将管理模式偏传统的餐饮企业往比较理想化的现代模式去引导。在推行一些改革措施的过程中，他听到了很多抵触的声音，首先发难的是自家姐姐。

父亲在继承人的安排上依旧跑不掉传统观念的左右，而他不在国内的那几年，其实姐姐早已经涉猎了相关的管理工作。姐姐虽无心与他争夺家产，但原先的管理层级中的地位被撼动，心里自然不是滋味，再加上他强推的一些措施也束缚她手中的权益，不高兴便是自然的。

另一个抵触的声音，来自于父亲一起打拼事业的行政总厨，也就是当年的灶头师傅。师傅学识没有多少，但却是手上有功夫，骨子里讲义气的人，跟了父亲快三十年，算是看着他一路长大的长辈，纵使那几年他玩得野，也不曾讲过他的不好，只是劝他父亲，孩子长大了，总归就懂事了。

他也分别跟两位交了心，说到底都是为了企业好。那两位口头上都说好好好，一定支持，但到了落实的时候，便走了样，推一下动一下，他别提有多吃力。他曾经求助过父亲，可是父亲却常常跟他打哈哈，始终不肯出手相助，这让他很不理解。

有一日，父亲约他跟他的一帮老伙计们去骑行，他本无心参与，但最终还是经不住劝，勉强参加了。都是一帮与他父亲同岁的大叔们，他心想自己虽不常运动，但还不至于跟不上，但事实上前半程他一直追在后面，用了十足的力气才勉强不掉队。返程的时候，同行的叔伯们有意让他骑到前面，结果让他感觉比追在后面还要吃力，耳边呼呼而过的风，吹着他喉头发紧，脚底下打飘。

途中休息的时候，一位有点眼熟的叔叔过来跟他聊天，拍拍他肩头说，追了一路，终于轮到骑在最前面“破风”的位置，你自然更吃力了，孩子别担心，只要你肯坚持，一定会有收获的。他回头看了一眼父亲，发现父亲也正朝着他们的方向张望，他便领会过来这位叔叔并非只单单说骑行的技巧。

他跟我说，经过这件事情，他明白了父亲的用心，不管自己推行的改革是对还是错，父亲并不会当面指正他，父亲只是想让他在这个位置上经历和感受，并从中找到自己的方法。后来，那些改革措施有些经过他的一番努力得以施行下去，而有些措施，他也承认的确是没有把握好国内的情势太过理想化了，而那些当初被他视为抵触的举动，其实也是对他决策的一种修正。

我讲完这个故事，那位新任的采编部主管若有所思。我拍了拍他的肩，接着说，现如今轮到你站在最前面，自然就会听到一些不同的声音，并不是你做错了什么，而是你身处的这个位置决定了你既要扛得起赞美，也要经得起诋毁。换个角度来看，有时候有这些声音在，也是会让人安心的一件好事，因为有他们，你终究不会迷失错乱。这就像那个“创二代”骑行时耳边呼呼而过的风，即便是闭着眼，听到它便知道自己正在一路向前。

在平淡的生活里，
我渐渐明白每一个诗和远方里，
必定都有爱你的人为之做出的最大付出，
而那些深沉的苟且，
也许是我最应该付出与回馈给他们的。

都能将日子过成诗，又怎能看不到生活的希望

十几年前买的旧公寓是一个安置小区，居民多半是附近原先棚户区的拆迁户。当年初入职场、收入微薄，贪便宜入手一套。搬进来后，便出现各种不适应，先是左右邻居完全不管不顾大规模地改造扩建；然后就是，晴天行道木上一根绳上花花绿绿的被子，雨天绿化带里新垦的一片菜地。最后的最后，物业终于撑不住了拖欠物业费撤了，于是小区彻底变成了治安管理类别里面的“无物业老小区”。

这样的小区就像一个浓缩的小社会，除了原生的“土著”之外，还有像我这样贪便宜入手的“外来户”，当然还有更多来来往往的租客，说到底都属社会底层。拆迁成就了很多“土著”的“一夜暴富”，原来局促的居住条件有了富余。有些也知环境不佳，到手之后便转卖给他人，另择环境好点的房子留给儿女成家。还有一些考虑周边配套齐全、生活方便，一时不想出手，只是简单装修出租。

出租房有两种，一种是成套的房子，一般是两室一厅一厨一卫的房型居多，但房源不多且房租与市面上一般的行情差不多。另一种便是由一楼车库改建，直筒筒的一间被隔成灶餐间、卧室和洗漱间，挺像后来商住混合型的酒店式公寓，唯一的不足便是层高只有二米六不到的样子，不仅比较压抑，赶到黄梅天也是潮到不行，但唯一的好处便是房租便宜，月租不足千元。

租客常换又没有物业的小区，这来来往往的人难免也就杂了，变得特别不适合居家生活。没工作的"土著"们多半会在底楼车库里开麻将馆谋生，好在本地麻将不打通宵，一般半夜十一点左右也就散了。这阵子喧哗结束之后，便是讨生活晚归的租客开门关门、开火做饭、清扫洗漱的细碎声。等到这阵子细碎的声音也没了，却突然响起男女间的争吵声，看到警灯的光，听到楼下站着的闲人的的八卦声，你基本可以断定，多半就是形迹可疑的女租客与来路不明的男人又起了纷争。

感受生活喧腾的方式并不仅仅局限于听觉，每隔一阵子便可以看到房东从车库里清出前租客的杂物。被褥，衣服，鞋袜，破败的行李箱，床垫，甚至是腐败的食物，红的、绿的、黑的、紫的糊里糊涂地混在一起，面目可疑地摊开一地，散发出不洁的气味，令人不悦。房东家的阿姨婆婆，站在那个像洞穴一般的车库出租房门口，一边整理，一边抱怨租客将房子折腾得不像样子，没租出几个钱，还要搭钱进去修东补西，粉墙刷壁。

眼见铁打的车库改建的出租房，来来往往流水一般的租客，在小区前前后后住了几年，我早已经练就一身见怪不怪的本领。倒是前几日，忽然见一车库改建出租房的门前窗沿下，忽然多出一丛花，让我颇感意外和新鲜。那丛花不是寻常的花，六株红色的郁金香算是当季的主花，价格应该不便宜；边上配了蓝紫色的猫脸花，算是长盛型的配花，价格虽便宜但配色上还是颇花心思的。这些花栽在一个长长的花槽里，固定在窗户的不锈钢防盗栏杆上。

走近了一看，这花槽也不是一般市面上常见的花槽，而是有一根二十公分口径的白色落水管改的，两头大概是用了热弯技术将两边“招”了进去，既能防花泥漏出来，也能让多余的水分及时排出来，朝上的一面平切开了七八公分宽的开口，花花草草恰如其分住在里面。细细地看过那手艺，又不像熟手做出来的样子，因为总有几处特别毛糙以及失手又补回来的地方，让人觉得这东西弄成这样，既是动了脑筋花了心思，也是经过了一些失败。

后来我留意到这间车库改建的出租房常住的是一男一女，男的个子不高，常常戴顶棒球帽，可是帽子后面还有个小辫儿，但又不是艺术家的那个范儿。女的身高跟男的差不多，说不出来是漂亮还是不漂亮，是那种见过几回但不易回想起来长什么样的模样。偶尔听过他们一两句的对话，但却听不出口音来。判不清他们具体做什么，猜想与代理销售四轮代步的电动车相关，因为常常看到贴着联系电话的四轮电动车就停在附近。

有一次大概是周末，我路过楼下车库。那家来了客人，午餐时间，出租房的女主人在门口支了张桌子，就着春日暖阳在树荫下宴客。桌上五六个家常菜、一瓶白酒，估计花费不多，只是这装菜的盘子、食物的摆盘是费了工夫的。红烧肉边上配了一朵白萝卜切出来的花，清蒸鲈鱼卧在素净骨瓷鱼盘里，若不是亲眼看到女主人一一从逼仄的单眼灶上端下来，都要怀疑这一桌定是哪间酒楼宅配到府的好料了。一时间，我有些恍惚，仿佛那些端着饭碗、蹲在墙根的租客不曾出现过，仿佛那些拿着竹签，戳着外卖小食，边走边嗑的邻居已经不见了。

以前我总觉得讨生活和过日子是一个概念，尤其对于你我这样生活在社会底层的人来说。虽然我始终不曾对他们知根知底，但我喜欢他们呈现出来的状态，那是一种不管身在何处也不放弃将日子过成诗的状态。我也渐渐地感受到讨生活与过日子之间的细微差别，讨生活更趋向生存的物质需求，面对生活艰难身段更低，有时候低到微尘里去，甚至将那些粗鄙的行为举止视为能屈能伸；而过日子虽然脱不了与物质之间的干系，但却多了一份精神上的追求，行为举止与现实之间常有错位，让人觉得不是那么恰当，可正是这种不恰当，却让人看到了生活的希望。

世间万物，
人最有趣。
与别人交流总能给我一些触动，
丰富我有限的人生阅历。

别抱怨，人间总有你一眼看不穿的苦难

去一间主打江海河三鲜，已经改走平民路线的餐厅用餐，人太多，只能坐在大堂的卡座里。卡座边上，是吵吵嚷嚷的几桌圆桌客人，吆五喝六出满满的人间烟火。点单经理上前招呼说，没有纸质菜单，统一到点菜间下单。我心想，这可是个节约成本，推进环保的好事儿。

从墙上贴满各式菜品图片，四周摆满水产箱的点菜间回来，久久不见上菜。与同桌的人话题聊干了，手机滑完了，于是只能各自掏出书来看。大概是读得入了迷，听不见周遭的嘈杂，也不知道过了多久，直到被“嘭”的一声惊醒。

抬眼一看，是位三十出头的女服务员，将一盘菜重重地搁在了桌上，一言不发，转身就走了。本想叫住她，言语几句，一看整个大厅就她一个人在忙活，想想也就算了。这样的工作氛围，有点情绪

也是难免。人活着就是各自修行，低头能过的地方，又为什么非要强出个头，争个你高我低呢。

与我一桌的，开始跟我抱怨这餐厅的服务，我也应了几句。一分钱一分品质也许不全对，可时间就是金钱可谓在理吧，既然是不肯掏钱贪便宜来的，付出点时间成本总归是种平衡，况且难得有个空当翻翻书，滑滑手机，看看市井，何必与好心情过不去。

上菜速度终究还是太慢了，第一盘菜很快见了底，于是合上的书又被打开。大概也是食客，一男一女从我身边经过。那男的拍了一下我的肩，对我说，唉！205 包间怎么走？没有前因后果且我确实不知，于是我头也没抬地应他，对不起，先生！我不是服务员！

他似乎怔了一下，嘴巴里喃喃地想回应我几句，大概也觉得人活着就是场修行，最终还是抬脚走了。走远了几步，与那女的耳语了几句。我听不真切，不过我猜大概的意思是，这人有毛病。等我从阅读中停了下来，抬眼去望向他们，他们却噤了声，转头去问服务员。

餐厅大概是走了平民路线后，节约人力资源成本，整个大厅六桌客人，除了那位三十出头的女服务员，偶尔跑进跑出的点餐经理，还有一个负责传菜的高个儿小伙。那对男女追在女服务员身后问，女服务员却始终一言不发，自顾自地做自己的事情。最后那对男女一连吃了两个软钉子，终于忍不住掏出手机打给一起相约用餐的人。

上菜的速度依旧龟速，第二道菜上来的时候，已经等了快一个小时。实在没有耐心坐在嘈杂声中读书，于是提前跑去买单。前台免不了会多说两句，一说菜已下锅，又说料已备齐，但是碰上我一再坚持，又加上下单一小时有余已是理亏，前台也就不好再反对什么了。

看着前台磨磨蹭蹭地结单开票，我心里想着这家店此生应该不会再踏进来第二次了。走平民化的路线适应大形势的变化虽非得已，但就此放弃服务水准、超越服务能力乱接客人，这应该不是生存之道。转念一想，这样的情势，怕是经理人心里也有数；即便没有，市场也会将其淘汰。我在此处与根本左右不了经营模式的前台理论，不但不被人念好，还落下个刁客的名声，又是何必，不再光顾就好了。

就在这个时，远远地看着高个子的传菜小伙反手托着菜盘，急匆匆地往大厅方向走过来，大概也没有留意到那位女服务正猫着腰在推车边上收拾脏盘子。也不知道为什么那么巧，男服务员路过她身边，她突然就站起来了，一个避让不及，菜盘子先扣在她身上，再摔在地上。声响惊人，整个餐厅的喧哗顿时静了。

众人都看着他们如何收拾着残局，连前台领班都停下手中的活计，准备上前处置。只见那女服务员先是一怔，大概也就是被惊着了，而后忙不迭地拍掸倒扣在身上的菜，多半是被热菜烫着了。那传菜的小伙也是吓了一跳，冲她点了点头，连句对不起也没说，低头就去收拾地上的碎瓷片。

一直挂着一副冷脸，一言不发的女服务员，着实是恼了，表情忽然就多了起来，开始比手画脚，嘴巴张合着想要说些什么，但我们却只听到了几个不成音调的咿咿呀呀声。食客里有人说了一句，哦！我说怎么问她也不说话，扔下盘子就跑呢？原来是个哑巴啊！

负责点餐的经理跑过来圆场，说今天包间难得都满了，这位服务员是从后厨临时调过来救场的，多有得罪请大家包涵啊。他又招呼其他几个人过来，七手八脚地帮忙收拾残局，居然也没人管那个女服务员还湿了半个身子站在那里。

大厅又迅速恢复了嘈杂，食客们开始七嘴八舌地议论开来。有人握着筷子敲了敲碟子沿儿，颇有见地地说，这家店的老板还真是黑啊，聘用残疾人省点税钱也就算了，这菜盘子里的分量还这么少。这么没接待能力，别揽这么多客人啊。

听的人有不同意见，挺大的嗓门回应他，嘿唉，你以为做哪行容易呐！现在做餐饮服务业就是在修行，要不是大吃大喝公款消费没了，你以为谁还真心想要伺候你这帮嘴巴刁、腰包瘪的大爷啊。这话颇有共鸣，大家伙七嘴八舌说了两句。最后谁一提议，又是一杯干了。

那个女服务员站在众声喧哗之中，没有人搭理她，显得特别无助。她先是扯了几块备用的餐巾布胡乱地擦了两下，扔下东西就大步朝后厨方向走，快到后厨门口的屏风处又停住了，忽然调过头来，朝着餐厅大门外，头也不回地跑了。

她经过我身边的时候，我有留意到，她的脸其实也不是那么生硬，不知道是因为恼，还是因为想明白了，透着一丝冷冷的笑意。我还有留意到，她经过我身边，与我对视了一眼，那双眼里其实是噙着泪水的，而这些是她冷着脸，将盘子重重地搁在桌上时，我怎么也看不见的。

活着就有那么多的凭什么

小龙虾季一到，那几个吃货肚子里的馋虫便被勾出来了，整天在微信群里嚷嚷着要找间夜排档聚一聚，可惜一直约不出来的九姑娘，攒不齐一个局。也是，九姑娘在电视台混了七八年了，终于有竞聘中层岗位的机会，用她自己的话来说，估计这个时候再不添把干柴，怕是只能耗到灯枯油尽了。

大概就在竞聘结果出来后不久，九姑娘自己攒了个局，叫着一帮吃货去了夜排档，哗哗哗点了二十多斤小龙虾，小山似的堆在大家面前。

那几个吃货眼里面只有美食，嘴上应付几句恭喜恭喜，就已经撸起袖子大块朵颐了，大概也就只有我看到了九姑娘神情上一丝难掩的落寞。

果然，几杯酒下肚，九姑娘发了一句怨叹，你说老娘我起早贪黑地做节目，累得跟头牲口似的，忙到没有时间谈恋爱，结果还是轮不到我，你们说说现在这世道，是不是真是“喵了咪”，“勒了狗”了。

那几个吃货听完这句，才恍然悟出这顿饭是吃错了主题。九姑娘环顾四下，继续说，若是输给你们这些臭男人，我还可以嚷嚷女权平等，败给那贱人，搞得我特别心灰意冷。

一听到“贱人”二字，有人来了精神。看来这吃货里面，并非全然都是心宽体胖的“八卦绝缘体”。就是那个平时特别鸡贼的小宝，第一时间眨巴着眼睛问九姑娘，是不是外面盛传，跟你们领导有一腿的那个？

我扬起筷子头，作势要敲小宝的后脑勺。小宝机灵地一闪，然后冲我调侃道，好了好了，叔叔，我谨遵您的教诲，为人要处处积口德，不泼人家没影的脏水。

九姑娘还陷在自己的情绪里，连瞅都没瞅我一眼，自怨自叹地说，叔叔，我也不是把人往坏处想，你说要是没那档子破事儿，凭什么就轮到她了呢？

我本不想说的，但觉得如果不说破了，怕是今晚满桌子的小龙虾也换不回来一个释怀，于是想了想说，有没有那档子破事儿，我不好说，我就说说我看到的吧。

有一次在外面吃饭，刚好和你们台的几个领导一桌，那姑娘也在。桌上有几个生面孔，介绍的时候，我也没听仔细。结果就见那姑娘围着他们，张哥哥长、李哥哥短地劝了一晚上的酒。那哥几个喝得那叫一个嗨，天南海北地吹牛皮，我这才整明白，原来这几位是刚来的房地产开发商。

大家伙散了场，我就看见那姑娘在背人的地方又是抠，又是吐的。其实挺不容易的，那姑娘花一晚上的工夫在那边磨嘴皮子，还不是为了多拉点广告。

有什么不容易的，她那不就是酒桌上陪个笑么，能跟我一样拿到台面上来比较吗？九姑娘听了之后，愤愤不平起来。不要说别的，整个台里面，哪个做的节目有我拿得出手，她做的节目获过奖吗？业务上不过硬，成天尽弄这些“歪毛子”的事情，也怨不得别人泼她脏水。

那姑娘顶着盆脏水，没乱了阵脚，活虽然干得没你出彩，但人

时间被分割成零碎片断,
内心里有那种抓也抓不起来的流逝感。

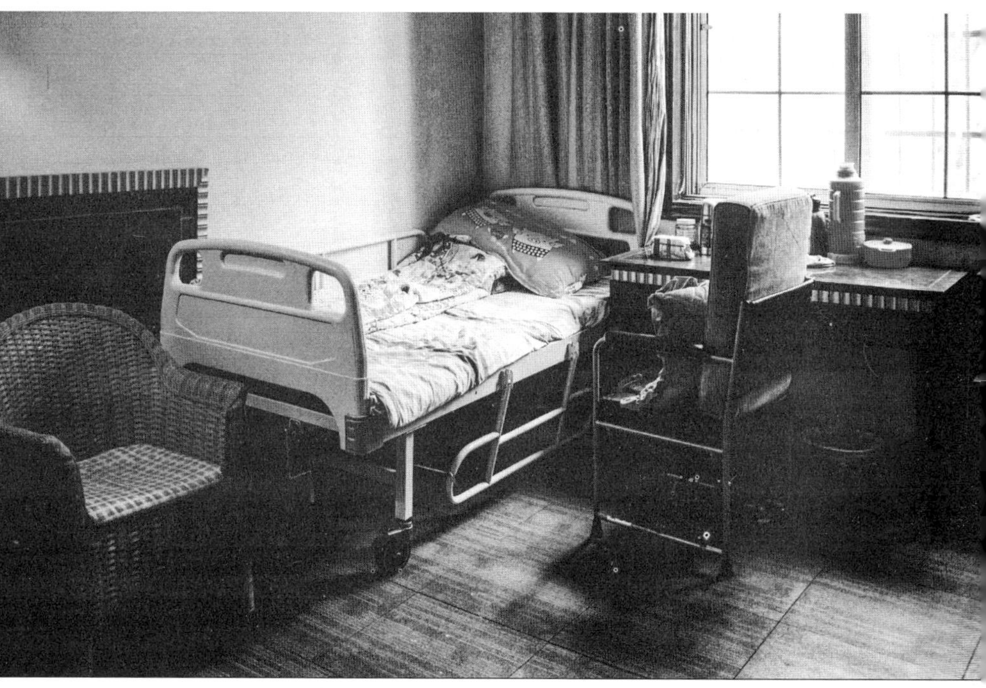

家也没闲着，不是么？不说别的强不强，就论这心宽，至少也比你强点吧。我见九姑娘还陷在那情绪里，故意逗趣地说。

放眼望去，每个集体里都有这三种人，勤恳老实的、八面玲珑的、搬弄是非的。没你这种勤恳干活的，领导没实绩；没她那八面玲珑的，领导脸面在外面没人给捡着；就算是大家都看不上眼的那些搬弄是非的，对于领导来说也有用啊，没有那么多的小报告，这领导就算再长一百个眼睛也盯不过来。所以，你光拿自己的长处与别人的短处比，这能比得过来吗？

再说你们台中层领导岗位是要那勤恳老实做节目的人么？退一步说，领导把你提到中层岗位了，又没有一个像你一样的人，扛起你原来一摊子的事儿，这工作实绩还要不要了？别总觉得你身上的能耐都能给你带来好，有时候也会将你困在一个脱不了身的框框里。

九姑娘本来还想讲点什么，突然就不言语了，低头喝了一口酒。其他几个人插过话头来，叔，按你说九姑娘这事儿就只能这样啦。平时看她加班加到友谊的小船都要翻了，结果让别人捡了个漏，这都凭什么呀？

我也喝了一口，免不了感慨起来，活着就是有那么多的凭什么。大家伙还记得九姑娘那个小学同学么？就是她原来总说人家“长得漂亮有什么用，学习成绩又不好”的那个。

咱们九姑娘，可是重点大学新闻传播专业的研究生，现在呢，三线城市台里还没有混到中层；那姑娘呢，也就是读了个大家都觉得看不上眼的三流大学播音主持本科，第一步台阶就是上星的卫视频道，凭什么呢？凭的还不是那张九姑娘看不上的脸么？

后来呢，那姑娘嫁了高富帅，九姑娘继续当她的单身汪。虽然我们也看不上她那所谓的成功，可是有些地方，人家也用不着我们那所谓的勤奋努力呀。

叔，你今天这是怎么了，我们还盼着你能开解开解妹妹呢，没想到你给整了这么大一碗的毒鸡汤。还是鸡贼的小宝懂得及时出来解了个围，举起杯子邀大家一起说，来来来，哥几个陪妹妹走一个，别尽听叔叔在那边瞎白活，搞得这社会没有正能量了似的。

正能量当然有啊！我也举杯参与了一下，接着说，大家伙都还记得跟九姑娘一起到电视台实习的那妹子么？当年，九姑娘是穿着睡衣在非编剪辑室里没日没夜地干，那姑娘是穿着睡衣开着宝马来打个卡就撤了。

实习结束，那姑娘放着转正的机会不要，跑去折腾开了家美甲店。九姑娘当时也问了凭什么这么任性，后来不也是自个儿想明白了吗，人家拼的是爹。就算你们没从那姑娘身上看到正能量，难道你们就不能从她爸爸身上找找吗？

我们这些人家里的老爷子们，躺在体制里等吃大锅饭，不疾不徐的时候，别人家的爸爸已经下海经商，倒了生意，正忙着东山再起呢。

这话说完，大家都不言语了。我也有点后悔把话给说重了，于是放下杯子，面对桌面上狼藉一片的小龙虾壳，叹了口气开始打圆场。

叔叔我，其实也不是存心想拿职场厚黑学来污化你们这帮纯洁的小白兔，给大家泼冷水。可我总觉得，咱们也不能总拿着自己的长处跟别人的短处比。

这世上哪有那么多的凭什么，说白了还是我们光觉得自己“单打独斗”特别辛苦，没看到人家“全家上阵”的不容易；光看着自己身上的“三两三”，从来没有把别人的“卖乖讨巧”“曲线求生”也当作一种努力。

我看着大家还是都提不起劲来，就举杯作邀请状，对着还剩半盆的小龙虾说，大家就看看这小龙虾吧，浑身没有二两肉，菜市场里贵不过猪牛羊，凭什么在这儿就它时鲜着，卖得这么贵？还不是因为它被你们这帮吃货念想着，入了夜排档，加了十三香，搭了这一杯可以解千愁的酒了么？

多出来的时间里才有你的未来

有一段时间因为要帮一个朋友布一个摄影展，所以有事没事就往公立美术馆跑。时间一长，就跟那边负责配合我们布展的小姑娘混熟了。我们互相留了微信，以便及时沟通一些细节，她在微信上叫 Daisy。

这个脸上还有一些婴儿肥的姑娘，大概也就二十出头的样子，跟很多公家机构的从业人员常年摆着一张扑克牌脸不同，Daisy 有种自然而然不让人觉得过度的热情，衣着风格上也有些超龄的简练，几乎都是黑白灰里打转颇有点设计感的单品。

布展总归会遇到货不对版，时间紧迫，配合外协公司又不给力的那点破事儿。那一天，因为拿到现场的成品有色差，又临近闭馆时间，我当场就发飙了。外协公司负责项目的两个人跟我解释说，不碍事，灯光强点都看不出来。可那色差已经到了我都容不下的地步了，更不用说碰上我那龟毛成性的朋友了。

正好Daisy也在现场，外协公司那两个项目工人就像找到救命稻草一样，拉着她给评评理。我知道那两个人的花花肠子，通常这个点，她都会在各展厅里巡上一遍，催着布展的及时清场走人，不要拖延了闭馆下班的时间。

我已经预备好Daisy说也不行的一套说辞，没想到她拿到手上仔细地看了一会儿说，你们还是重做吧，这色差也太大了。那两个人还犟嘴打强点灯光就没事了。她不知道怎么也发飙了，没好气地回了一句，你们说的灯光强一点是可以，那直接把灯全关了是不是更看不出色差来呢？

这一下，那两个人彻底没话了。外协公司也常年围着美术馆做生意，估摸着也不好直接恼了她这个人，正在不知进退的时候，Daisy说话了，你们还不抓紧时间拿回去重新做好了再送过来，你们是想拖到几点让我下班啊。

那两个人也不好再争辩什么，只好灰溜溜地拿回去重做。看到那两个人出了门，我才跟Daisy拱了拱手，半开玩笑地说了一句，谢谢女侠出手相助。她被逗笑了，却叹了一口气说，不换工作还真不知道，这到了哪儿都有一票“捣糨糊”的人等着跟你死缠滥打。

我听 Daisy 用了本地方言中形容办事不靠谱的字眼，便猜测地说，你是本地人吧!？她显然没有意识到线索在哪里，觉得纳闷反问我，我普通话有那么差么？我当然回复她没有，然后又将话题引回到感谢她出手相助这件事情上。

我说，耽误你下班特别不好意思，估计他们改好了再送过来，怎么着也得个把小时，要不这会儿我请你出去吃个晚饭吧，估计吃完了，他们差不多也过来了。Daisy 说，别，你请我出去吃饭才不好意思。眼看着就要晚高峰了，来回堵在路上，怕是真的要误事了。

你仗义出手相助，我让你空心饿肚地耗在这儿，显得我特别不厚道，况且我也到了饭点，不如我手机上订份外卖。我一边掏手机一边问她，你有什么想吃的吗？Daisy 看出来我是诚心的，也就不推辞了，爽快地点了附近一间广式餐厅的叉烧饭。

大概是离得太近了，都没有让送餐公司的人跑腿，店家伙计不一会儿就自个儿拎着打包盒进来了。送了伙计，掩了馆门，我们在休息区摊开餐盒边吃边聊起来。Daisy 的筷子在切连刀的深井烧鹅上踌躇了一会儿，怎么也不得法，我只好调转筷子头出手相助。她说了声谢谢，忽然停下来盯着我说，不好意思，我有个问题想请教请教你。

我谦虚了一下，请她讲出来。Daisy 说，我看了你的朋友圈，猜不出你是做什么的，又是写作，又是拍照，还四处跑采访，有时候还办沙龙活动，好像还是什么心理咨询师。我看你弄了网站，又弄了微信公众号，还混在豆瓣上，现在你又跑我们馆帮你朋友布展，你哪来的那么多时间，你不用上班吗？

嘿，自打我离了职之后，这样的问题还真没有少碰到过。我就一一跟她解释我为什么离了职，离职后都干了些啥，本以为这样能堵上了她的好奇心，没想到她还有问题。她跟我说，那你也挺厉害的，你原来的工作那么忙，应酬还多，你居然还有时间学了这么多东西，我挺佩服你的，你能跟我说说你都怎么弄的？

Daisy 一下子把我给问住了，我喝了口味精味儿挺重的老火靓汤，仔细回想没辞职那会儿是怎么折腾出现在的一堆事儿来的。琢磨了一会儿，我回了她一句，兴趣是最好的老师，你对什么感兴趣，你就会想方设法地挤时间去折腾。Daisy 也停下来了，歪着个头琢磨了一会儿，然后跟我讲了她的困惑。

Daisy从小学画画，自个也喜欢。读大学那会儿，家里怕后面就业难，没让她读艺术专业。毕业后，她先去了外资公司做文员，原来的工作状态比较紧张，但内容比较单一，没什么挑战性，也看不到自己在行业里的发展前景。后来美术馆有事业编制可以考，父母强烈建议，她也就顺从了。到这里工作时间不长，她现在最大的不适应就是一下子多出不少的零碎时间，不知道如何打发。

我说，关键看你想做什么了。我觉得我不能拿混迹体制内的那一套教坏了好姑娘，就举了一个比较正能量点的例子。我说，我原来的工作会议特别多，常有召集人通知早了，领导来晚了之类的情况。那个时候，我准备考在职研究生，英语基础也差，常夹了个小小的单词本趁着那空当记一两个。要是搁在现在，也不用那么麻烦，有个手机应用全解决了。

Daisy点头称是，然后接着说，我就是觉得你这个时间管理方面做得特别好，好多零碎的时间都没浪费了，我看馆里个别大姐没事就挂在网上闲聊或者买买买，也觉日子过得没味道。对了，你说你也玩摄影，你朋友在我们馆布展了，你什么时候也来办一场？

Daisy这一问，还真整了我一个大红脸。是啊，我也玩摄影，可我怎么就没有像样的作品能办场展览呢？她的问题引发了我的反

世间美味，
多半是儿时的味道。

思。这些年我虽然没敢轻易地浪费时间，学了许多东西，做了很多事情，但我一直有一个比较致命的问题就是兴趣太多，摊开的面也太大，结果是什么都折腾了，但却没有一个特别专精尖的，门门都是三脚猫的功夫，结果只能样样都是四不像的下场了。

我没敢将自己的底儿和想法全盘告诉她，就顺着她的话自谦了一番，说很多时候能办展览得看作品有没有灵性，然后就岔开话题，说到整个艺术行业的匠气与灵气的问题，免不了又装逼地吹了一会儿，最后将话题的落脚点放在她感兴趣的画画上，问她现在是不是还在坚持画画，有没有什么特别好的作品。

Daisy 说，原来还能趁着午休的时候画点东西，现在办公室面积超标，几个人合并在一起，也没有那么大的空地让她折腾，就是下班回家画一会儿。家里杂事多，常常画到一半就给打断了。等到事情过了或者隔一段时间再回去捡，当时画画的心境却怎么也找不回来，结果弄了一堆懒得再去补的半成品。她感慨，要是上班那点零碎的时间都能用上就好了。

她这话倒是让我想起我那个办摄影展的朋友，他早年也曾跟我发过同样的感慨。有一阵子，他特别喜欢拍比较有荒凉感的自然风光，可是为了生计还得天天上班点卯，也不能随便就请个长假。大概是技痒难耐吧，出不了远门的他，后来就开始在原工作单位周边扫街，最终他那一辑比较有市井烟火气、即将被强拆的老房子照片成了他在这一行里的起点，最后他辞了职成了职业摄影师。

我用了我朋友的故事，三言两语解释了如何在零碎时间面前将大任务分解成可能完成的小目标。她听了之后，似乎很受用，兴奋地说，对啊，我可以画书签卡、铅彩之类的小东西啊，既不占地方，又不要大段时间，还能练练手。她吃完了主餐，喝了一口汤便尝出味精味儿，于是便放下来开始自顾自地收拾起来。

她头也不抬地跟我说，前几天，我就看到有人手机直播画画步骤，讲解技巧，每场红包最高的送画，我看那人积累的红包都快六位数了，真厉害。可是，她忽然迟疑了一下，然后很郑重地盯着我的脸问我，可是，你现在也从体制里出来了，那你会不会觉得我现在这么混着，时间是忽然多出来了，可也看着热钱挣不着，是不是也挺浪费的？

嘿，我心想这姑娘还真是厉害，我混迹体制这么多年悟出点“道道”，不给我全逼出来，她是不肯罢休了。我也合上餐盒，语重心长地跟她说，Daisy，这些忽然多出来，还有人付你薪水的时间，这才是最珍贵的呢！你只有现在把握好它，练就好自己的本事，经营好身边的圈子，将来才能有个天时地利人和啊！

但凡走过的路都会给你方向

2016年春天，我离了职。在人员流动频繁的当下，这也许对于很多人而言，换个工作是件稀松平常的事情，但是对于我这个个体而言，这既是人生目标选择的一件大事，同时这份工作也是我步入社会后的第一份工作，我为这个机构服务了十六年，用日久生情这个字眼来形容毫不为过。

因为仍在体制内的关系，我比多数离职的人幸运的是，原工作机构还要继续付我半年薪水。原本衣食无忧，安心享受半年假期便好，但刚一确定有离职的机会，我便在朋友圈里广撒“英雄帖”求兼职。如此为之，一方面是生计的隐忧自学生时代起便在心中扎了根，怕好不容易练就的求生技能就此荒废了；另一方面是这些年听了太多离职不适的症状，怕自己心绪乱了，大把时光空负了，最后一事无成。

大概是憋屈太久后注定会用力过猛，乍一开始我便被冲膛而出的后坐力给伤着了。放了五六年没动的中篇小说被捡起来续写，准备出本书的雄心被激发出来，然后还有那些想读没有读的书，想学没有学的兴趣，想去没有去的地方，想做没做的事情，一股脑地都摊在面前。就这样子撑了一个月，有一天早上醒过来，我莫名慌张，仿佛哪儿都是填不完的坑，时间永远不够用。

我觉得这样不行，得停下来了，但真停了一两天，心里满是负罪感，担心这一停就彻底地熄了火，再也提不起劲来了。我阴郁了好几天，企图通过跑步健身、骑单车远足等形式来弥散这不愉快的心境，但事实上并不起作用。身体疲累只能让思绪稍微地放空一小会儿，但凡有恢复的时候，那种脚没有踩在实地上的虚空感仍会来袭。好在这时，有一个政府性质的微信公众号平台运维团队找到我，让我帮着做一些专题策划的采访执行。

这些年，我一直以半兼职的状态为一些本地的媒体撰稿，虽然报酬不高，但是我自己喜欢的事情，也能结识一些可以约出来见面吃饭的朋友，不像网络交流来得那么的虚无。“世界万物，人最有趣。”与别人交流总能给我一些触动，丰富我有限的人生阅历。四五年间，我写了一些东西，也渐渐地在本地打开了一些局面。我愿意做，是我出自本心的喜欢，而我猜想他们找到我，大概也不全然是因为其他自媒体人不愿意接手的关系。

第一份兼差是本地特色江河海三鲜美食节的采访，我的任务是约见六位大师级的大厨，聊聊人生故事，最后以广告软文的形式推出创新菜品，这些图文内容最终发布在微信公众平台里面，宽容度明显比传统媒体要更轻松一些，所以在我预想里面这是件相对轻松的活，但事实上我错了。第一道难关便是放下面子，接受拒绝，再三地打电话联络，这让我忽然同情起那些被我以无声回应的方式挂掉电话的营销人员以及他们的现实处境，但我觉得这一步总归得迈出去。

六位大厨中只有三位第一时间与我敲定了采访的时间和地点，另外一位由请他所在的酒店的行政部门分管外宣工作的同事接洽了我，但并没有给我一个明确的采访安排，其他两位索性不接电话，不回短信。约好三位，其中两位在距我二十公里外的乡镇上，另一位在距我六十公里的园区。也是没有什么经验，两个同一处的，也没有想到安排在一起采访，大半的时间和精力都荒废在来来回回的路途上了，就更不用提那还没有上手的拍摄技术。

这份兼差只做到一半，我便在厨师这个完全陌生的行当里找到一些似曾相识的感觉，厨师之间的量级标准界定，好吃只是一个及格的标准，很多厨师努力就能达到；有味则难一些，除了技艺似乎还要将厨师对人生的认知融入其中；至于活色生香则是大师级的层次了，属于人生之中，难得一见的。

这其实与写文章有几分相似，一般的作者，能够完整地表达好一个故事或者主旨就算及格了；再上一个层次是说完故事能够让人有所触动，有所感悟，有所收获；再上一个层次的便是言简意赅地把握住天地间、人伦里的内核，拥有能够激荡的广泛共鸣，可以传世的作品。而现如今我所处的层次，也许注定了还不能在感动自己之余，带给别人启益。

当有这样感受的时候，我忽然意识到，我们在与别人交流的过程中，不可避免地带着我们自己的经验，这些经验是我们在成长的历程中积累下来，这些东西原本是无序的、感性的、不可描摹的感受，我们自己知道，但却很难表达出来。而所谓的交流的收获，便是这些浮躁的东西被别人的故事点醒，从无序的状态中沉淀下来，变成了可以表达、可以传递的认知，而这一切的基础便是我们曾经走过的收集感性认识的那些弯路。

就在跑采访的时候，接了一个电话，是原单位老领导打过来的。他与我一样，也是今年刚离职的，过了二十多年两地分居的生活，因为他肯放下这浮云般的名利才能如愿团聚了。他打电话来寒暄了几句，便开始问我现在能为将来的转岗做些什么。我猜想他打电话来问我一半是因为我与他处境相似，另一半是因为这也是我原来职责范围的领域。我都据实以告，现阶段只是摸底开头，所有的数据和关系都还没有到具体执行单位，现在跑去“拜码头”为时尚早。他在电话那头沉默了片刻，然后鼓励我好好做眼下的事情。

挂完他的电话，我也在想，对于未来的择业方向，我为什么如此木然，一方面我是因为我熟知操作的流程，现如今还没有到考虑这个问题的地步，况且现如今转岗择业的规程公开透明，也不是一般人想左右便能左右的；另一方面，我隐隐地总觉得，对于所有的人来说都是一样，这些年你所走的路必定会将你引导去一个想要去的方向，即使是这一次的择业转岗不是你所期待的，但你一定会朝着它指明的方向一路而上。

潜在生活的深海里寻找乐趣

诗和远方的背后，都是爱得深沉的苟且

离职的时候，一直都有人问我准备做什么。我实事求是地答复他们还没有想好。这个时间，我通常会看见对方眼里闪过一丝疑虑。我一点也不觉得意外，多半人总觉得，我做这个决定一定是反复推敲和衡量的结果，但事实上所有人都有一时冲动的时刻。

大概得不到想要的答案，于是也有人拍拍我的肩头给我打气说，看了这么多人混在体制内，大概也只有你离开体制能够活得很好，因为几乎没有你不会的。我内心里知道这大概也是客套话，但我还是心存感激。

说实话，离职的时候，我并没有明确的计划，即便是正在计划准备做的事情，与离职也并没有最为直接的关系。

离职三周，没有闲得躺着，也没有睡到自然醒，我只是兑现了

我一直在想我们为什么需要生活中的仪式感，
它可能会帮助我们超越平淡生活，
找到支持我们走下去的乐趣，
变成别人眼中那个有趣的人。

离职当下最为直接的原因。回归到家庭，一日三餐、饮食起居、接送洒扫、整修维护，能做的、正在做的大概也就是这些。

大概并不是所有人能如我一样，想放下便放下了，还是有羡慕我当下的状态，信马由缰地闲闲地过活着。我能够理解，这不也正是我当初羡慕不已的日子吗？可是，当我亲历了这三周时间后，我才深切地感受到这居家生活并不像我想象中的那么清闲。

日子从兵荒马乱的早晨开始，遛狗喂猫、清理洒扫、准备早餐，挤着早高峰去送孩子上学，折回到家中再收拾一下烂摊子，坐到电脑面前已经快九点。休假这几周，我常常有顾不上午餐的尴尬，更不用提能够静下来写点什么了。时间被分割成零碎的片段，内心里有那种抓也不抓不起来的流逝感。

终于闲下来了，在职时那些心心念念想做却一直抽不出空来做的事情一一列上计划。是啊！此刻不做，那么离职还有什么意义呢。电话订购了有机肥，只能送到小区门口，与物业借了平板推车，四十公斤一袋，硬生生地搬回家中。只是给花园里翻了一遍土，两个整天便过去了，这还没有彻底弄完。孩子高架床下是经年的玩具旧物，积灰落尘好几年了，总归得整理吧。于是一个上午不知不觉地便过去了，而我从早上起床便蹲在那里，脸都没有来得及洗。

平时上班时不觉得家中有那么多事情，故乡老宅的水表被寒潮冻坏了，白白淌了两三百的水费，老父亲心疼不已，第一时间赶回去修了，于是每日接送孩子的任务便落在我身上了。孩子所在的班级因为流感停课一周，于是我当了一周不太称职的小学老师、不太好玩的玩伴、不太会做饭的爸爸。孩子刚刚复课，终于有时间敢约人去采访，结果老母亲牙齿的旧疾又发了，整个颜面都肿了，需要送医就诊。

在职的时候没有陪伴，你都闲下来了，难道还不能做一些力所能及的吗？

我终于知道为什么越是平淡的生活，越能消磨人的意志和情怀，这样的状态如果不使劲地拧巴着，可能都会沉沦得连渣都不剩，更不要谈所谓的诗和远方了。

可是细细想一下，其实当年我在职的时候，生活里的杂事未必就少，只是我们一直以为这世界如此清净地围绕着我们转着，至于那些杂事，我们眼中没有，心里自然也就不过问了。

为了那些年，我所谓的诗和远方，一家老小但凡能够自己扛的事情都自己扛了。

小学放学时的人山人海里，我在倒春寒的冷雨中站了半个小时还等不到孩子出来，我深切地体会有老寒腿旧疾的老父亲是如何辛苦地撑着的。我有四个轮子可以遮风避雨，而他还要骑着电动车逆风而行。

陪老母亲就诊的时候，社区医院收费窗口，那个原本操着吴侬软语的妹子，因为听不懂老母亲的略带苏北口音的普通话，突然态度恶劣了起来。我忽然明白了，为什么这些“黄昏漂”的老人总是拖着小毛小病不去及时就诊，很多时候也不是全然为了省钱。

我终于不必面对堆积如山的工作、每月通报的信息排名、诸事芜杂的请示报告了，但我离着诗和远方仍旧较远，就连静下来写写计划之中的书稿的时间也显得特别局促，更不用提已列入计划的采访。

在平淡的生活里，我渐渐地明白了每一个诗和远方，必定有爱你的人所给予的最大的付出，而那些深沉的苟且也许是此刻我最应该付出与回馈给他们的。

慢下来，再寻常的生活也有不一样的滋味

赋闲下来，日子就在柴米油盐里面打转。在职时不敢想的一些事情，统统被提上了日程。其实也不是什么大事，无非就是整修花园、添置物品、洗衣晒被、炒菜做饭、散步聊天、走亲会友等等小事。有人戏说，离职之后，没了值班备勤、材料应酬才是真正的"生而为人"。我觉得他们言重了，但我也体会过这其中的无奈。

停下来的这段时间里，我一日行程通常是早晨六点起床，遛狗喂猫，沿小区林荫道走上一圈，前前后后约摸半小时。然后做早餐，给孩子讲故事哄起床，连催带赶地送完娘俩出门，便开始收拾厨房和餐桌，整理起居室，这里擦擦，那边理理，摸摸弄弄也就过了八点。

网站上线转一转是不是有新的投稿，豆瓣上刷一刷是不是多出几枚粉丝。微博要提交的书评跟编辑交流一下，看看能否申请

上一下热门;开的文字坑得去填,写一行删一行,放放再改改,这就快到吃午餐的时间了。午餐一个人,通常极其简单。吃完午餐,简单收拾一下,就开始想晚餐要如何对付,是到父母家解决,还是自己做。如果是去父母家,我会多出些时间弄弄花园,修修剪剪之类的杂事或者坐在暖阳下读会儿书,两点左右出门,回父母家陪老母亲择会菜,听她絮叨些家务事再出门接孩子放学。

如果不去,通常我会步行去三公里外的菜市场买菜。回来择择洗洗弄成半成品,大概也就一两点钟左右的时候。洗洗脸,换身没有油烟味儿的衣服,带本书、带杯水去接孩子放学。等孩子放学的空当,我可以坐在车上看会儿书。接到孩子直接回家,简单给她弄点茶点先垫垫,让她先做作业。热锅上炒一两个菜,趁着等汤锅开、米饭熟的空当,盯一眼作业的进度和字迹的工整程度。

晚餐收拾完厨房后,带着厨余垃圾出门,再遛一遍狗,回来添粮换水,清一清猫砂盆,抬眼一看钟也已经快七点了。小房间的门关着,听着里面孩子跟她娘为多做几张口算纸在讨价还价,弄不好还要哭上一鼻子。我默默地打开电脑,整理一整天的所见所闻,想办法将它们整理出来。

这些忽然停顿下来的日子,给我最直白的感受就是人的节奏慢下来后，平时粗线条的感观似乎被打开，那些因为太匆忙而忽视掉的细节渐渐丰富起来，周遭的人和事物也越发的清晰疏朗。

因为步行出入的关系，我发现物业公司占了小区周边卖不出去的商铺当工作间，很多保洁员来来去去、进进出出。那天应该是午休时间，我发现一位保洁员大爷捧着本书，坐在商铺的门廊下借着天光读。这处门面朝北，晒不到太阳，应该也不暖和，但他还是选择坐在了这里，而他的保洁车就停在不远处。我被这一幕莫名地吸引了，远远地观察了很久，他除了偶尔翻一页，一直不曾挪动过地方。我掏出手机想要记录下这安静且有感觉的一刻，可是橱窗玻璃反光，看不清他在读什么，甚至没有办法拍清他的身影。可是，我忽然想起了谁说过的那句话，阅读是间可以随身携带的小型避难所。

吃过午餐才去社区市场采买，没了早市的喧嚣，人迹寥寥的市场弥散着一股子懒洋洋的氛围。三家肉摊一字排开，左右两家的掌柜披裹着污迹斑斑的军大衣或躺或趴着午休，唯有中间一家的掌柜还在忙碌着。他家所剩的肉品比别的两家都少，清清爽爽、分门别类地理在案上，摊位里架了一个煤炉子，焐了一大锅温水，他倒在盆里拧干抹布，将贴了瓷砖的案台抹得发亮。多年不在小市场混迹也没有什么行情价码的概念，随便他推荐了些。他精准地估出重量，麻利地在案板上剁骨，与我说话间不小心飞出了极小的一块。他连忙跟我说不好意思，要补我一块。我说不必了，拿水冲冲就好。然后他拿着那块还不及手指大小的排骨，在水龙头下冲了好久才肯放进袋子里给我。

我去一个建材大市场买卡扣钉等居家杂货，因为不小心逛了太久误了午餐时间，所以临时起意就在大市场边上的小食店解决了。那是一间卖苏北牛肉汤的小店面，婆媳俩操持着，媳妇在里间当炉，婆婆在外面跑堂。因为市口一般，主打也就是小吃类的东西，对付不了大市场里搬货为生、吃粗呷饱的苦力客，所以是正餐的时候，店里的客人也不多。因为没有什么胃口，点了份牛杂汤。这汤可以加面或者加粉，可我执意只要清汤即可。不知道是婆婆年纪大未曾听真切，还是转头便忘了，端上来的居然是牛肉粉丝汤。本打算退了重做，但想想还是算了。吃了一半的时候，媳妇端了碗牛杂汤过来，跟我打招呼说，对不起上错了，这才是你要的牛杂汤，刚刚那份算送的。最后，她又补了句，觉得好吃再来。

站在春光里，我开始明白所谓的“小确幸”不再是一个生造的文艺范的辞藻，而是具体的、可感知的温暖。它可以是原以为被去年百年不遇的寒潮冻死的花草随意冒出来的一片嫩芽，也可以是棉被经过日光炙烤之后散发出来的味道，还有这些温暖平实的陌生面孔，带给我不曾有过的感受。

最美的风景只在归途

不知道是不是只是我一个人有这样的体验,每次去某个陌生的地方,去的时候总觉得路途遥遥,时间过得极慢,一分一秒都是煎熬;可是回来的时候,时钟仿佛被动了手脚,很多事情来不及细想,仿佛抬眼便到。

过年陪妻回河北老家探亲,年初五晚上,跟着她去县城参加老友聚会,晚归回集镇。开着悬挂制动都偏软的陌生车子,行驶在漆黑一片,歪歪扭扭如乡村公路般的颠簸的省道上。看着车子的远光灯消融在无尽的夜色里,车窗外是被黑暗隐匿掉的田畴、山林、集镇以及空寂,与去的时候相较,还是觉得时候回来的时候要快一些。

每年都陪妻回河北探亲,通常一年安排在国庆,隔一年安排在春节。毕竟也是磕磕绊绊在一起八九年的老夫老妻了,总不好意思再像陪着男友去江西过年的上海小姑娘一样，还怀揣着“连夜出逃”的心思，舟车劳顿以及饮食起居上的诸多不便还是敌不过人情温暖的，更何况岳父母住在集镇上，生活条件已经是北方乡村平均水平之上了。

妻与同学叙旧时曾感慨家乡变化，省县乡道和村镇街道两旁多出绿色垃圾箱，河沟里倾倒乱扔的情况少了许多。小舅子也提起过，过冬取暖的柴火树枝再也不让随意堆垛，当年他娶媳接亲的时候，借来的车子就曾被这些随意乱垛的柴草枝剐蹭过。可是变化归变化，发展归发展，妻还是觉得过不惯这样的生活，而小舅子也想趁着集镇改造的机会，手头上能够活络些，能在附近的大城市唐山安家落户。

每次出行都是兵荒马乱的客运高峰，交通工具受限于道路拥堵和票务紧张等诸多因素，可供选择的余地极少。早几年试过从上海虹桥搭乘飞机中转北京，再战排队长龙搭乘巴士辗转秦皇岛。通常到秦皇岛已经是夜深，只能住上一晚隔日搭乘中巴。后来高铁通了，小舅子在唐山谋生也渐渐地有了起色，安了家、买了车，总算有处落脚中转的地方，于妻而言这归途至此也轻便了不少。

疲于奔波生计，像很多年轻人一样，将照顾下一代的重任推在父母身上。我父母终逃不过“隔代亲”，早早过起候鸟生活。虽说与我们同城而住，但也因为分居两处，也就是接送小孩的时候碰上一面，一餐饭的工夫聊上几句。虽说隔年都会陪着我父母过春节，但因为工作上还要承担春节值守，所以也六七年没有回乡过年了。于我而言的归途印象似乎还停留在读书的时候。

印象最深刻的归途风光，还是读大学时的暑假，那个时候高速路网还没有现如今发达，往来的长途班车有时候为了节省过路费或者沿途多揽过路客，多数都是以省县乡道为路线，两百公里不到的路，开开停停也得四个多小时，可是那个时候，纵使时间再长，心境却是轻快的。

回家最美的一段路程是过了盐邵船闸之后，沿着运河堤而行的那一段。少了高速公路上归心似箭的飞驰，中巴车一路上像一个沉稳的中年汉子，沿着曲折的河堤不急不慢地行驶着。四下里也多出一些沉着的气氛，听得见窗外的风声以及脱了叶的行道木发出的声响。运河的行道木原先是柳，直柳或者垂杨，后来这段被称为“淮江公路”的国道扩建后，便一半是柳，一半是阔叶杨。阔叶杨是一种喧哗的植物，有风的时候，哗哗啦啦响个不停，不像柳，即便是有风的时候，也只是婆娑地舞蹈。

因为曲折，所以从车窗看出去，这条奔流缓慢的人工河仿佛活了一般，缓慢地伸展她的肢体，而沿河的风光就像一幅长轴的画卷，一点点地展开。淡灰色的初冬天幕下面，是河两岸的已经枯黄掉的树木、锈蚀掉的船坞、空旷的堆石场；油田熊熊不灭的火焰、簇新的流动加油驳船、人声喧哗的渡口、鸣着汽笛一条长龙般浩荡的船队、停在河塘里停了工的挖泥驳船空举着它的机械臂。车子在河堤上随便转一个弯，便有不一样的风景。中途不断有旅客上上下下，他们多半是沿途的农人。公路边上竖着谢庄、闸河这样的站牌，他们在站牌下面下车，远远地就看得见村庄上空的鸽群。也有像我一样的旅人，他们默不作声，手里握着手机，目光却在树木飞驰的倒影上失去焦点。

我就生活在运河边上的小城，这里安详宁静，没有太多的野心和欲念，有的只是如何生活以及如何生活得更舒心的追求。夏天我们会去乾隆曾经到过的御码头戏水，看运河决堤时冲出来的不见底的清水潭好奇，然后嗅着河堤上晚饭花的香气回家。冬天看年复一年有人在收拾湖滩上的芦苇，然后不日便有芦苇扎制的草窝、蒲鞋沿着南门青砖小街一路叫卖。很多年了，这样的光影仍然在，不复改变。

人在一个地方住久了，就会有感情，就像现如今，我已经将在

隔了快二十年的光阴了，
他依然是青涩少年的模样，
一点都没有改变，
也没有跟着我，
跟着时光一起老去。

你只是怀念不可重来的青春，
而那些偶像只是让你迅速陷落到回忆里的确切线索。

此生活过十八年之久的城市视为家。偶尔远远地出一次差或者一次旅行，飞机在上海虹桥着陆后，步出到达厅便能感受到江南特有的湿润气息，便觉得心安一些。G15 沿途两边是即便入了冬也有的葱郁，便会觉得这样的环境总是让人舒服的，这也是我缘何对北方冬天萧瑟感心生敬畏的一处重要原因。当然，更为牵挂的部分是家人和朋友大部分都生活在这里，无论是可以小酌一番的三五好友，还是共事多年的兄弟姐妹们。城市虽小，但总觉得这一处地方能够让人觉得放松、平静。

G1254 飞驰南下的这一路，故且也能视作归途。北上过年一周，渐渐熟识的枯黄在车窗外慢慢地淡了，沿途的民居建筑从低矮无窗的便于取暖的平房演变成越来越尖的人字屋顶、两层小楼，裸露的砖墙有了水泥或者色彩的包装，如丛林一般稠密丰润起来，仿佛这气候降水像影响非洲草原丰沛与荒芜一样，掌控着这片人口稠密的疆域。

从徐州东站起，车厢里的人渐渐多了起来，车厢交接处和过道里站了很多拎着土产返工的人。长三角与劳务输出地之间地缘关系，从这一站起渐渐显现。看了一场振奋人心宛如时事政治课般的春晚，再次面对季节性迁徙的汹涌人潮，虽知如我一般的外乡人以及他们下一代有了留在城市发展可能已经不易，但还是觉得这一切推进得太慢，因为即便解决了留守儿童，还有更为复杂和悲苦的空巢老人。

车过宿州，田畴间以林木纵横交错为间，麦田返青，河池盈盈，雾霭迷蒙，偶有散居的村落，三家两户或枕着一弯小河，或依着一方池塘，掩映在一片林中。那树大约比两层楼房略高，落了叶很难识得。猜想大约是阔叶杨。于是自动脑补，初夏暖风吹过那片哗啦啦的欢畅。

车过滁州，想起当年还在南京浦口读书的时候，班级组织活动曾经来过。一帮涉世未深的年轻人，有说有笑地结伴爬山、买石碑拓片，大概也不曾想过终有一日会天各一方，被岁月这把杀猪刀磨了棱角。人一辈子真的不长，而我已经在不经意间过了半，走在归途之上。

此生好吃的几个瞬间

世间美味，多半是儿时的味道。

我的童年虽然已经过了物资极度匮乏的年代，但那个时候平头老百姓家的境遇大抵相当，在吃这个问题上，还是要靠逢年过节来解那个馋的。

有很长一段时间，我闻到煎带鱼的味道，便会联想到过年。久而久之，似乎变成了某种隐秘的条件反射，但我却一直找不到原因。

后来我长大了，才慢慢摸清彼此关联的起因，仍旧是物资匮乏。我童年生活的地方距海也就百十公里远，但在储运还不发达的当年，海产想要运进来并且保存住，仍需借助天寒地冻。因为不易得，所以带鱼等海产自然成为居家生活不会买的东西，于是也就顺理成章地被列入公家单位年货采购目录。

那个年代，公私之间还有一丝人情味儿，除了发年终奖金之外，还会发些瓜子糖块等实物作为年货。也不知道从几时起，每到过年家属院筒子楼的楼道里，先是煤炭炉上一阵滋啦响，然后便是挥之不去煎带鱼的焦香。

当时我还分不清是不是深海带鱼，只记得就是那长长一条扣着草绳或者蜷在网兜里被拎了回来，白喇喇的长身子沾着冰碴、裹着海腥，尖嘴利牙的样子还怪可怕的。

母亲将它洗净后，斩成一指长短的小块，沥在竹箩里，备好葱姜料酒，不忙着腌制去腥，也不着急下锅，就那么放着。等到其他菜都做完了，煤炭炉上的火没那么旺了，这才拿出平时不用的平底锅，热锅冷油一块一块地煎起来。

平日里我都会在灶上搭把手，但煎带鱼这件事，我却完全插不上手。金黄色的菜籽油盛在平底锅里，经炉火余烬的炙烤，渐渐冒出一层细密的气泡。沥干的鱼不必再拍生粉直接下锅，油里的气泡一下子聚拢过来，在鱼的边缘喧哗着，不一会儿焦香味儿就四溢开来。鱼肉不散架、不粘锅的诀窍也就在这沥干水分和煎炸火候里。

翻面，焦黄，出锅，再下锅，再翻面，如此往复。其间，母亲为了照顾嘴馋的我，通常会挑靠近尾巴的一小块给我解馋。那块地方特别扁薄，细炸冷却后已经酥透，虽然没有盐味儿，但嚼起来有一种特别口感，现在回想起来仍然会流口水，完全是小时候年的滋味。

等到全部煎完，平底锅便下了岗，那一锅浅浅的热油舍不得直接倒掉，冷却后存在一只平口碗里留着日后再用。母亲会等到煎好的鱼稍凉一些，再换上一口炒锅，将煎好的带鱼回锅。这一次，终于轮到葱姜醋糖料酒等调料出场，煎好带鱼就此入了味，撒上葱花端上桌，一家三口的团圆饭便开始了，那盼了好久的过年也就真的来了。

食材好坏，除了天然，还有好玩。

可能是生在湖区的关系，一直以来认定的美味，几乎都与水产相关。这几年大概是上了年纪，母亲常回忆起我的小时候，说我开口吃饭便开始食鱼，稍大一些便会自己挑刺。在她眼里，我这杀生食鱼的几十年不曾失手被鱼刺给卡住，也算不辜负“好吃鬼”名声。

湖区地处淮河入江水道，每年夏季都会形成洪泛区，水涨潮落之间孕育出大片天然湿地，当地人称之为草滩。草滩里除了鱼虾鳖蟹水产之外，还有野鸭、大雁、天鹅等候鸟迁徙往来。乡野间行走的孩子，自然常识的教育通常在玩耍间便达成了。

小学阶段的几个暑假，母亲都会将我送到她位于湖区深处的娘家，双职工家庭的独生子女处境多半相似，暑假若是关在家中便觉得难挨。外公家的老宅子位置偏僻，离着市集十来里，离庄户三四里，直至今日也属交通不便的地方，但现在回想起来，那应该是最接近诗歌中描述的田园生活。

湖区深处堤坝内有块形似半岛、南高北低的土冈，安顿在此处的三两户人家皆是族亲。外公家的老宅子门朝西，前面便是两亩多的梨园，梨园再外面就是成片的稻田。余下三面皆环水，但这水又被桥埂、涵洞隔绝成三个大小形状不一样的水塘，分别有不同的功用。

上塘在南边，四四方方，与外面的水系相通，网住了两端出入口养了鱼，平素里淘米洗菜均在此处。塘边还有一株歪脖入水的老柳树，水码头踏步便依着老柳树做了扶手。中塘瘦瘦长长一条，盘在东面，里面植了菱藕茭白，为了方便妇人洗汰衣物，水码头上码了数条宽青石。下塘位于北面，面积虽大但形状不规则，有坡有滩，鹅鸭棚搭在北岸朝阳的地方，而南岸植了数株一人多高的栀子花。如此安排，其实也是先人的巧思，因为此处地势走向并非西高东低，而是由南向北。

暑假正是梨子成熟、荷花盛开的时节，乡间的食物也最为丰富，但最能让我乐不思蜀的，还是因为每年这个时候，外公都要从上海回乡省亲。时至今日虽然年届九十，他依旧还是那个老顽童的个性，三十年前更是孩子王，粘知了、摸黄鳝、变魔术、吹笛子、说古书，他的身旁总有孩子们的欢笑声。当年，他即将退休，他老母亲仍健在，一日三餐皆是由他料理。

去市集不方便，一日三餐的食材多半就是田间地头就地取材。暑热里，他领着一帮无处消夏的孩子们，上塘里甩下丝网张住几条小鱼，中塘的水码头上摸得两把螺蛳，下塘里摸出几只禽蛋，变着花样弄出不一样的饭菜来。孩子们在乡野间玩耍，运动量大了食量也跟着大了，一个暑假过去，多半是黑了些，又长高了些。

外公的厨艺也是极好的，不仅能做淮扬菜的汤汤水水，更是融合了沪上红油赤酱的手法，印象最深刻的一道菜是红烧甲鱼，焖了腊肉，煨了冰糖，鲜甜咸香，说不出的滋味。

那一大一小两只甲鱼，是我与他在中塘里钓上来的，三五两重的模样，觉得好玩扔在大木盘里玩了几日，一直舍不得吃了。他趁我一个不注意，红烧了端上桌子，也不告诉我是什么肉。等我入了口，上唇与下唇被甲鱼厚厚的胶质黏在一处时，他才问我好不好吃。我也猜出是甲鱼，但却被口中鲜甜的香味紧紧地抓牢了，只能含糊地应着他。他笑了，但没有揭穿我身为“好吃鬼”的伪善本质。

那味道，我一直存在记忆里，虽然日后仍有机会再食，仍有机会与他共餐，却一直找不回来那种相似的感觉。

做饭不难，一半天赋大胆，一半情深意暖。

我人生中做的第一餐饭，是九岁时和表哥、堂弟一起完成的，因为没有大人在场，又引柴烧灶太危险，因此挨了一顿打。此事之后，我的确有很长一段时间没有再去琢磨做饭这件事情，但我骨子里一直以来都不曾将做饭归为难事。耳濡目染之中，其实也学得三两招寻常食材的处置办法，遇到父母不在家，下了晚自习饥饿难耐的时候，炒个饭、烩个食也是轻易之举。

出门读书、步入职场，住的是宿舍，吃的自然也只能是食堂。真正开始做饭，还是买房置业之后。第一餐饭，便是火锅，我买了排骨煲汤作底，菜蔬涮肉摆上桌也像那么回事。刚装修完手头紧，家具还未完全到场，几个玩在一起的同事朋友也不嫌弃，大家席地而坐将那一餐吃完，露出一副意犹未尽的样子，也算是给足了我面子。

成家后不久我们便有了孩子，母亲过来帮着照料，与我们同住三年有余。那几年，我们虽然被生计牵扯，在家吃饭的机会不多，但凡有机会，哪怕只是中午半个小时，也是尽可能赶回去，帮母亲搭把手，好让她吃顿安稳饭。孩子念了幼儿园后，老父亲也到了退休年纪，他们老两口一把年纪为了迁就我们，背井离乡搬来与我们同住，我们忙活半天的一餐团圆饭，摆上桌的仍旧是家常菜。

孩子念到幼儿园中班，我们就搬了新家，也就与父母分开来住。这样一来，早餐就需要我们自己应付，中餐各自在单位和学校解决，晚餐则与父母一起吃。早几年我工作值班出差多，为母则强的爱人，硬是凭着“APP 在手，美食我有”的宝典，弥补了女儿家时的经验不足，偶有失手的时候，她也常叹“尽信书不如无书”。她不忍女儿挨饿，日日大胆实践，在哪里摔到在哪里爬起来，现如今煎出的牛排、做出的蛋糕也是有模有样。

让我俩印象最深的一餐饭，还是新婚不久的就急之作。不知道是我生病了，她为我做的一碗西红柿鸡蛋疙瘩汤；还是她害喜，我为她做的一碗西红柿鸡蛋手擀面。起因完全忘了，过程也完全忘了，只记得两个人，翻箱倒柜就搜罗出这点食材，来不及采买、将错就错地做出来一碗暖心的食物。吃了多少，什么味道，也不记得了，只记得在那个当下生出来的感慨：一家人的缘分，就是要在一起吃很多顿、很多顿的饭。

除了有趣，仪式感还能给我们什么？

自从手机拍照应用里提供了滤镜修图功能之后，我们日常生活之中就多出一项颇具仪式感的“重要行程”——饭前拍照。与西方宗教色彩浓烈的“餐前祷告”不同，饭前拍照总带着一点点讨好自己、记录生活、无心炫耀的成分，这也让它被一部分人所反感。我的朋友圈里，也有一位饭前拍照达人，不过她的作品却常常收获点赞。

她是手工业者，最早结识她还是因为某杂志上的一篇报道。后来慢慢接触下来，也知道她原先便有美术绘画的“童子功”，进入社会后也曾有出版杂志行业工作经历，后来结束北漂生活，回到沈阳开了一间自己的工作室，设计制作鞋包类的皮具产品。

互为微信朋友三五年间，在她的朋友圈里，我接受了大量饭前拍照仪式的洗礼，也让我逐渐接受了她的生活美学。她展示的美食照片几乎都是她自己动手完成的，清简的摆盘、相衬的构图、浓淡合宜的配色，总让人感觉生活特别精致有趣。初见这一切，会觉得过于复杂，如果不是自由职业的身份撑着，便是照应不周。

但这三五年间，我看她将房子装修成自己的“小城堡”，看她在旅行中身着民族风的长裙飘逸出行，看她记录下的文字浓郁的“许哲佩”风格，便知道她有自成一体的生活逻辑，而那些颇具仪式感的日常就一点也不意外了。这让我想起，很多人初见林志玲姐姐会觉得“很假仙”，可是架不住“日久天长”，架不住“由内而外”，所以也会感知，这世间能有此女子也是一件美好的事情。

与本城的某位先生一同混在一个圈子里，最早结识他时，他还痴迷博古，这几年又迷上做茶。我是不饮茶的，但还是借着各种机会和场合得知他做茶的一些琐碎的小事。比如跋山涉水去福建深山老林里去找百年的老茶树，比如三番五次拜访以诚心感动做壶的老师傅等等，但让我感觉到这一行业有仪式感的是某一年深秋，他在朋友圈里发文说祈求有“十八个太阳”。

那年秋天，圈中一朋友家的老桂树繁花似锦，他得了丹桂可以入茶，所以需要连续的晴照才能保持住品质。可江南入秋本就多阴雨,“十八个太阳”哪那么容易得。看着他一天一条发着状态求日照,便觉得这事儿快与拜神求风调雨顺沾了边。

我原本觉得以现如今的食材处理技术,想要达到一定的干燥标准,必定有更便捷的方法,但细细一想并不是只有他这样的“匠人”才有这样的做派,其实我们文化里还有很多这样颇具仪式感的例子。

如果不是中医药里有“药引子”一说,《白蛇传》里也不必有“盗仙草”这一场,鲁迅先生也没有写出“人血馒头”的机会。

因为工作关系,有一年我根据安排采访过六位本地的美食大师。那个采访任务要求每位大师独立成篇,但最后要集成小专题。结束采访后,我在写专题按语的时候,发现其中一位师傅的故事显得很特别。他其实也是灶头师傅出身,但现如今却在本地书画界小有名气。

我回想那天采访,进到他的办公室其实就已经感受到了这样的氛围。特别不像一个连锁餐饮企业的状态,反而更像是一个文化工作室或者书画室。与他工作午餐的时候,他提到了他们餐饮连锁企业的一个概念,我初听以为是“不食不时”,不吃不是时令的东西,他与我解释其实是“不时不食”,不是时令的东西不吃。

一开始我并没有理解这其间有什么不同，但后来他又陆陆续续地说了一些关于美食的理念。他说美食这种东西很多时候不单单是食物本身，还有氛围、时间、温度和情感等多种因素的交织，这些可以外化在店面装修、上菜节奏、火候把控等多个方面。至于情感，他说每个人最怀念的食物多半是小时候吃过的味道。

吃一餐饭在他的眼里，已经不是果腹这么简单，于是我理解了他为何要解释给我听，不吃不是时令的东西是将人放在主观能动的位置上，而“不时不食”则是在强调人应该顺应自然。只是调换了一个词序，人在自然面前的谦卑与渺小便立即显现。

对于没有信仰的我们来说，生活中最典型的仪式感大概就是婚礼和葬礼了。

自从有了女儿之后，每每在婚礼之上，看到父亲挽着女儿在众人注视的目光走过长长的舞台，然后郑重地将女儿的手交给新郎，便觉得心里那柔软的部分被触动了。这样的仪式理论上应该是西式的风格，但现如今越来越多地被国人所接纳，大家似乎都在透过这样的外在形式来宣泄隐忍许久不善与外人道的浓烈情感。

我童年生活在苏北里下河地区，小时候有参加农村葬礼的经

衣不如新，
人不如故，
感觉好像在讲灵魂伴侣一般。

验。一直以来，我特别不理解，葬礼上为什么会有“唱小戏”的节目表演，除了内容悲情的地方戏，还在入夜后仅留给成人的“荤段子”。我原本以为这仅仅是一地的风俗，后来读到了台湾作家刘梓洁的《父后七日》，看到台湾丧葬文化里也有“电子花车”的表演，这才觉得面对死亡我们可能有共通的部分。

那种颇具仪式感的习俗，让我们在面对人生变故的重创时，找到了依存，不至于失序，按着习俗既定的流程慢慢来，再复杂的事情也会抽丝剥茧慢慢厘清，再多的伤痛也会处理琐碎事务前得到释放、慢慢磨平。生活的负重已经够大，我们只能以更为戏谑的方式来面对死亡的残酷。逝者已去，而活着的人还要面对明天。

我一直在想我们为什么会需要生活中的仪式感，它可能会帮助我们超越这平淡的生活，找到支撑我们走下去的乐趣，最终变成别人眼中那个有趣的人；它也可能是我们在演进历程之中，摸索到了自然的规律，以经验总结的形式固化成某个既定的模式，避免了生活中的冒失莽撞，只要依从它便可以找到最直接的解决方案。

它更可能是物化我们对于这个世界的认知、判断以及价值取向，换句话也就是说：你以什么样的态度面对这个世界，你便会有什么样的坚持，而这些坚持同样也会成全你，形成你价值观的外延。

这分明就是你灵魂的颜色

若干年前，有一份沪上的报纸还没有停刊，因为算是比较早期做网络广播的那一拨人，我有幸被采访，进而有幸认识当时采访我的记者戒指。做完这期选题后不久，戒指便从报社辞职，在淮海路商圈支弄里租了一间有院子的旧时别墅卖衣服。十多年前这样的举动，还是令我比较讶异。我有问过她原因，她学某早年偶像的做派，以港腔答复我：独爱靓衫。

MSN 还没有全面停止服务的时候，我们偶尔会聊聊天，她也会晒别墅中售卖衣衫的静静时光。MSN 停止服务后，我们失联了好一阵子。前不久，拜微信所赐，我们又重新取得了联络。只是她已经不再叫戒指，而是改名叫毛小佳。我后来问为什么，她告诉我这个名字的音与上海话里猫小姐的音相近，我这才想起来，很多以她做模特的衣服照片，都 P 了一张卡通猫脸遮住自己的脸。

她从还需要登门购买、手触质料的岁月，一直撑到电商红火、微商喧腾的今时今日，我活在体制内，不便打听她经营得如何，只是见她年复一年地与衣衫打着交道，乐此不疲，猜想大概是真的找到了一份归宿与寄托。除了她之外，放眼望去，我所认识的朋友里，总有几个对衣衫有一份特有的情怀，个别的都已经到了几近成痴地步。

昨日天寒，无处可去，便在微信上与人闲扯。问及朋友一整天都忙啥了，对方答复我：逛街得衫三件，某国外快销品牌的衣服真心是最爱，年年捐钱无数，马上又要出席一些活动，总归还是需要一些别致点的衣服。我回他，上台的话总归要略夸张才好，配饰很重要。对方语意中透出些鄙夷的味道：根本就不是你想的那样，只是活动又不上台，别致就好。我这才发现彼此的根本不在一个频率上，每个人在衣饰上的偏爱似乎容不得他人染指。

朋友中有一妇人，喜欢民族风的披披挂挂，好在人似竹竿，手长脚长，穿起来倒也有几份雅姿。她偏爱某国内原创女装品牌的衣衫，数年如一日每季必入手，爱得极为痴狂，晒衣已是寻常，晒购物袋更是家常便饭，甚至还专门写了一篇颇长的文章讲述与这品牌衣衫的多年情分，衣不如新，人不如故，那感觉好像在讲灵魂伴侣一般。

大概是童年暑假有在上海弄堂里过活的经验，以及衣衫远不及大城市小伙伴光鲜的黑历史，所以我也是那种会打量他人穿着的人，但还好不是那种眼浅，看人下菜碟的人，况且社会经验告诉我，那些穿 LOGO 的衣衫未必是真富贵，那些穿户外冲锋的衣衫也未必是真行者，那些麻衣为衫布鞋为履的也未必是真文艺。

当我们将衣衫视为鲜明的个人风格标签时，这个标签的社会属性与个人意识便同时交织在一起，而总有一些是内心里越缺什么，越愿意伪装强大，将缺乏的那一面丰盈起来示人。

我又何尝不是，那几年收入刚刚有所起色，手头只是略略宽绰，遇见自己的喜欢的衣衫，常常买全色号。一周数日，每日同款不同色，虽然我不自知，大概也是不良的心态作祟。好在我买的衣服不贵，童年的经历还是打下了坚实的消费观，价格过千的衣裳我通常都买不下手，所以在我母亲的眼里，我衣柜里是没有什么称头衣衫的。

由于年纪的关系，在我年幼的成长经历里，总免不了有匮乏的体验。童年时，家长不让买的玩具；少年时，挥之不去的饥饿感；想要拥有的书籍、衣衫，隔了这么多年仍旧牵挂在心头，成了心理上的一个“坑”。成长心理学有很多都溯源童年经历的，所以为人父母者常常需要细思的地方。

等到自己经济独立，终于可以支配自己的收入的时候，却没有自己想象的那么挥金如土，把自己缺失的一一补回来。那种由父辈传递下来关于金钱的观念，已经侵入到自己的生活里面。你会不自觉地将拿起来的东西放下，并不是因为不喜欢，而是觉得不必要。或许正是这种对于“不必要”的判断，让我在前半生错失了一些东西。

经历过计划经济物资短缺年代的尾巴，待到经济独立可以决定自己穿什么的时候，常以新奇潮流为美，报复性地胡乱买衣但不懂自己适合什么，现在偶尔看到早年的照片，常觉得自己穿得张扬，但那个时候哪一件不是遂了自己的心愿，哪一次不是心满意足。

人生当中也有正式场合胡乱穿衣的经验。跟许多两地结合的夫妇一样，多地摆酒的场次多了身心俱疲。最后一场再无心力折腾，穿着牛仔裤操着话筒上台讲了两句吃好喝好也就过去了。虽然落了很多人话柄，但当下自己痛快的感受却是很真切的。

人生在百试百错之后总算有所积累，比如我也知道自己的个子不高，且比例也一般，衣长稍微宽绰一点便撑不住，跟借来的一般。因为工作场合还有制服，硬挺束缚感强烈，所在平日衣衫版型通常宽松一些，质料方面近年来也是越来喜欢棉麻，却又极厌倦一般棉麻制品披披挂挂不利索的风格。

原以为衣衫方面的问题已经不惑，但果真是活久见，不知道哪一秒起，忽然想明白会买和会穿其实是两件事情，有些衣衫好看到你非买不可的时候，却不是因为你想到可以在什么样的场合穿。旁人眼里失心疯地搬回家，只为了隔年整理的时候，拿出来挂一挂，看一看，再收纳好。每个人的衣橱里都有一两件这样的衣衫，我的那几件半长不短，永远都无可能上身的风褛也不例外。

与其他物质相较，衣衫总有几分特殊，我们取其蔽体保暖之余，又在借其树立自己的形象标签、表达自己对世界的观感。如果这样说不容易理解的话，我可以举一个生活中的例子，我偶尔也会逛街偶遇某件衣衫，忽然想到某人穿起来一定很赞，于是微信拍照发过去，不一会儿那边果断传来三个字：买买买！

每到此处，我都会边笑边感慨：这哪是什么身外之物啊，这不就是我精神世界的外延，这分明就是你灵魂的颜色。

无人之处是寻常

自从有了私媒体之后，“晒”无处不在，我也是其中一员。我常常在各个角落记录自己的生活，也无意间“晒”了一些东西，读过的书，吃过的饭，走过的路，遇过的人，还有或许明天便会松弛的这副皮囊。我的微博粉丝十万有余，微信私号所谓的“朋友”大概也有几千人。

如果没有将我屏蔽，不是“僵丝”的话，每日里被我刷屏上万人大概是有的。来来往往间，有些点赞，有些默默地滑过，我也没有深究过无意之间给别人造成的心理阴影面积有多大。在“晒”的那一秒钟，我的初衷也只图个自己的爽快。

有一段时间，我会记录女儿的日常起居，这大概是可以归为最寻常的那一类人。为人父母之后，内心里会无法压抑这样的状态，每天面对一个总是带来新鲜感的小东西，你会有忍不住记录下来的冲动。可是孩子一天一天长大之后，你会意识她其实是一个独立于你之外的个体。她开始拥有自我认知和评判，且不愿意参与在你的记录之中，刻意地避开镜头，这个时候，你大概便可以就此收手了。在过往的记录里面，你或许有意，或许无心地帮她筛选过，她在别人的眼里大概不会是一个偶尔哭闹、有时调皮的孩子，但未必是最接近真实的她。

有一段时间，我晒园艺、早餐和狗，这大概会是获得点赞最多的内容。搬了新家，有了院子，遍植绿意的雄心勃勃与最终撒手不问之间，必定有一万点的伤害。照片里面花团锦簇是一时之好，还是数次死掉重栽的硕果仅存，大概也只有自己心里有数。扦枝拔草，施肥洒扫这些日常的活计是不会记录在其中的。孩子读小学之后，我的日常作息便是九点讲半小时的睡前故事，九点半熄灯，早上六点起床，半个小时遛狗以及准备早餐，其间我会随手拍天气、早餐的摆盘，至于盘子之外的未必入视界的部分，经历每天早晨如打仗一般的送学的家长也是心知肚明的。

宠物自然讨喜，你再无心无力，它仍旧不自知地伴在你身边，然而当它成为家中一员，必定不是一时之好。黄金猎犬 Vegas 与我们生活在一处已有四年。从小时候调皮顽劣、乱撕乱咬、食量惊人，到现在事不经心，看破红尘、慵懒至极的状态，其间也是经历诸多“人间惨祸”的。当年还住公寓时，偶尔忘记关卧室门，回家之后必定会发现原本床上的物件全部都在地上，而它堂而皇之地躺在床垫上，那犹如劫后重生的惨状至今心寒不止。

搬住一楼不久，常在后院放置采买的果蔬，鼠患随后而至，遂与朋友讨得一只小猫，生活在一处也三月有余，但至今也没个名字。除了有妙鲜包可以镇得住场面，其余时间均是无声无息地隐匿在家中，它虽不像狗儿粘人，但每日清理翻除猫砂一事也是必不可少的。

自壮年起，我便与慢性荨麻症和鼻炎苦斗，消磨人生的愉悦感。黄金猎犬属于大型犬，体味重，若一周不洗，体味常引得我鼻响不止。这种狗一年只换两次毛，但每次至少半年，所以家中衣物随时都在粘连，洗一次吹干常要两三个小时，不是寻常人可以扛得起的。我的慢性荨麻症至今也没查出明确的原因，但与猫接触多半还是不宜的，好在它不太粘我，我也与它保持客气的距离。这些都是我无法与外人道的困苦。

小时候的暑假常被父母送到上海，见大城市的孩子衣着光鲜，玩物新奇，也是心生羡慕，不知生计艰难，也有撒娇邀宠的时候。母亲常常与我说，别太念着别人家的好，说不定那一家三代同堂挤在十余平方米的亭子间里度日，哪有小城市天地广阔。其实我倒是一直没有亲眼见过三代同堂同居一室的尴尬，可是后来渐渐长大后往来沪上，便落下了胡乱猜想光鲜衣着下底色的坏毛病。

人作为社会动物，从学会摘叶蔽体、纹面为饰起，便开始“晒”的旅程了，总想将自己最好的一面留给周遭，而那些“如人饮水，冷暖自知”的部分便生吞下去了，若不是真的不到万不得已的地步，也不会轻易拿出来与别人看。更有心理学研究直指这种“晒”的心理，源于一种缺乏。这种缺乏有些根源于童年时期的缺失与自卑，有些当下现实世界的自我催眠与安慰。不管是出于有意的炫耀，还是不自知的弥补，在我眼里记录下来，日后还能翻看都是一件好事。

小时候生活在湖区，生态尚好，越冬的野鸭成群地栖在湖面上，逐波而居，看上去悠然自得，但水下的那两只如桨的蹼却一刻不曾停过。你也不必羡慕他人的自在，早晨的一张问候早安的图片后面，也许是加班的彻夜不眠。晚上一桌丰盛晚餐的背后，也许是最后一顿的幸福时光。如果他愿意释放正向的能量，感受到便好，至于他不愿拿出来说的，我们也就不要再去深究了。

恋爱长跑的结果，
通常不是修成正果，
便是劳燕分飞，
而往往又是后者居多。

恰好从你的故事里路过

一生之中还有多少个你

其实很长一段时间，她并不知道台青的本名叫什么。她没有问，台青也没有说。在差不多十年的时间里，她们一直有这样的默契，仿佛这一问一答都显得特别多余。

她们结识于电脑和网络还没有普及的年代，门户网站羽翼未丰，社区论坛风头正劲。那个时候，她还在读汉语训诂学研究生课程，导师办公室里就有两台连着网的电脑。

大概也就是这样的处境，让她脱开了穷学生的尴尬，以查阅资料等由头长时间挂在网上，无所顾忌地一头扎进那片深海里。

那是一个私人架设的论坛，名字取自亦舒的小说，叫“圆舞的天空”。她初次见到台青昵称就会心地笑了，觉得她们此生一定会遇见，不在圆舞的天空，就在不羁的风，因为她在网上一直管自己叫尹白。

读高中后，她开始嫌席绢太过甜腻、三毛太过柔软、李碧华太过清冷，唯有亦舒带着陌生的语感，讲世俗间的烟火故事，似寻常却又不是直白的寻常。

故事很多，情节各异，但爱恨痴缠大抵相似，仿佛港剧里来来往往的熟面孔，那些男女这出剧是情侣，另一出剧是兄妹，裹挟着一种前世因果般的玄妙。

事隔多年后回想，她觉得也许还有一个因素，就是当年香港还没有回归。身处在闭塞的环境之中，总是期待着有什么能够将自己拯救。

起初，她俩只是论坛站内信往来，后来觉得聊得不过瘾便开始通长长的电子邮件，再后来她们成了各自即时通信工具上的第一个好友。那个时候，QQ 还叫 OICQ，她那个五位数的账号一直用到现在。

她们偶有长夜无眠式的对谈，隔着网络聊阅读感受、生活琐碎以及困惑烦恼，心里虽知距离遥远不可触及，却常有坐在对面鼻息声可闻的错觉。她始终认为此生能够有幸认识台青是件幸福的事情。

同一届读大学，本科专业都中文，彼此的故乡一江之隔，她们越聊便会发现越多的相似之处。只是台青出社会早，已在杭州一间杂志社里谋得差事，而她仍旧为毕业论文以及靠什么谋生而烦恼。

专业冷门，她除了留校或者考公务员，其他前程都有忽明忽暗的不确定性。她羡慕台青，可台青也有自己的烦恼。是留在尚有体制可言的杂志社等待终老，还是放下一切出去闯荡一番。

台青想辞掉现在的工作，去深圳试试。台青对她说，世界那么大，总不能一直偏安在杭州，读了那么多纸上的香港，难道你不想去看看吗？她问台青，有什么放不下的？台青答复她，肯定不是现在的饭碗，而是一个人。

春日将尽，院系学生会组织毕业旅行。她因为毕业论文仍不见眉目，本是不打算前往的。后来得知要去杭州，第一时间就想到可以约见台青。

台青听闻后，隔着网络热情地说，只要你来，我一定抽时间陪你去西湖边喝咖啡。

她们如愿见了一面，就着雨雾迷蒙的湖光山色喝了一杯咖啡。眼前的台青就是她想象中的模样，衣着打扮也是亦舒笔下职业女郎般的干练。相较之下，自己那一身被雨打湿了的长衣长裙就显得狼狈累赘。

网络上的热络变成了见面时尴尬的沉默，她很懊恼自己生性过于木讷。好在台青一直在找话题，问了她怎么忘记带伞、工作找得如何以及接下来的杭州行程等等。待她内心觉得安定了些，却也到了告别的时刻。

临走，台青将随身的一柄长伞留给了她，又嘱咐她出门注意安全。她起初执意不肯收伞，台青猜到了她的顾虑，便对她说，我朋友的车子就等在外面，要不你随我来见见那个人。

她撑伞将台青送上了车，见到那个台青口中放不下的人。那只是个长相衣着、神情气质都寻常的男子，甚至连牙齿咬合都不太整齐，开了辆白色的雪铁龙，见到她客气地点点头算是打过招呼。

那个时候，她的爱情经验几乎等于零，如果勉强硬要算上，可能得将学生时代那几封不曾具名的情书也加上了。那个牙齿咬合不齐的男人出现在台青的人生里，更让她有种错位感，总觉得纸上读来的多半是一戳就破的虚妄。

杭州一面后，她们的联络疏淡了一些。一方面是见面时的尴尬郁结在那里，另一方面则是彼此人生都在经历着变化。她被是“留在大城市找份不是太体面的工作”，还是“回苏南老家小县城考公务员”的人生选择左右着。

她终究还是遂了父母的愿，回到老家苏南的那个小县城，考上了公务员谋得个闲差，在史志办编年鉴，日子过得按部就班。她工作没几年便结了婚，嫁了个也有错位感的男人，先生了个女儿，隔了五年政策放开，又添了个儿子。日子被居家琐碎碾成了流水，她唯一能坚持的便是隔三差五写点什么。

台青在她的眼里则是掌握了人生的主动权，辞了工作，去了深圳，先在一间报社做记者，尔后又去了画家村做了艺术品经纪人，再后来也不知道她具体在做什么，但总能见到她天南海北地满世界跑。

台青第一时间去了香港，并给她邮了一套港版亦舒文集。那个年代这样的东西颇为珍贵，她好久也没有舍得拆开。后来台青频繁地往来深港，偶尔会给她邮一些港版的书籍和唱片。她有好奇地问过台青，香港怎么样？

台青迟疑了片刻，回复她，你最好自己有机会来看看。她想着，香港总归是要去一趟的，最好是等到孩子再大一点，可以带去海洋公园、迪斯尼乐园的时候才好。

那几年，博客正在风头上。她写居家生活，晒一日三餐、孩子院子、花花草草、猫猫狗狗。台青也写博客，但很多都与工作相关，人物采访、推荐画作、四处风光，只字不提私人生活。她们之间鲜少再有即时通讯工具上的长谈，但多半都会出现彼此评论区的“沙发”上。

又隔了几年，博客热也过了，大家都懒得写长文，纷纷跑去偷菜、抢车位、玩微博了。她们也转到微博上互相关注，靠着彼此点赞维系着互动联络。她自己的微博里是一双儿女，岁月悠长，台青的微博则是东奔西走，来来往往。

她说不上是好奇，还是关心，她一直都觉得台青去了深圳之后感情生活变得极为隐秘，可是台青不主动张口，她也就不好意思提起。她只是隐隐地知道，台青有个交往中的香港人，是个大学教授，年纪差了一截，可是为什么没有走到谈婚论嫁那一步，她想关心却又不知道怎么张口。

她也有想跟台青说却不知道怎么讲出口的话，比如她现在的婚姻并不像她晒出来的那么美好。她男人在外面大概已经有了情人，她隐忍不发作，大概也应验了台青曾在微博里写过的那句话。

因为永远不易得，所以我们容忍虚假，得过且过。

微信一出来，她们第一时间互相加了，热络地聊了几天，尔后再次慢慢地平淡下来。毕竟彼此生活境遇相去太远，当年再热络的话题也无法将人从现实困顿中拉回，青春一去不复返总让人觉得伤感。

平淡的交集中，她经历着离婚官司、财产分割、子女抚养权争夺等一系列的变故，却在朋友圈里面只字不提，晒出来的几乎都是读书感受，一派的清新文艺。台青的朋友圈则变成世俗起来，既有频繁往返深圳与她一江之隔老家的频率，偶尔还有民间偏方、求医问药、心灵鸡汤的转载。她猜想台青大概有难处，多半像自己一样

最美的不是雪天，
是你陪我一起躲风的屋檐。

无有岁月可回头，
我们终究是怕自己会忘记曾经心动过的那些美好瞬间。

不愿意声张而已。

所在城市开放了自由行，她也恢复了自由身，终于如愿去了一趟香港，逛了二楼书店淘旧版的书，也在太平山顶欣赏了满城灯火，华衣美厦边上就是局促骑楼前铺陈开来的各色招牌，想看的不想看的，都直白地摊开在那边。

她没有告诉台青自己最直观的感受是，香港既如字面的那样，又不全然是字面上的那样，如同她刚刚结束的婚姻一样。

隔了一段时间，台青在微信上主动联络她，提及想借点钱周转一下。她的第一反应是台青的账号被盗了，自己摊上了传闻已久的诈骗。在确认是台青本人后，她却忽然不敢多问借钱的原因。

她让台青说一个数目，台青讲了一个数字，她觉得在合理的范围内。台青说一定要立个字据，拍照传给她。她说，不必了。她决心借出去，其实就没有打算能够收得回。

她问台青要了手机支付账号，将钱打了过去。那个账号是当年台青与她经常通信的邮箱号码，下面缀着被隐匿了一部分的台青的本名，王＊萍。她看着那个陌生的名字，内心里涌出恍若隔世的错觉。

借完钱之后，台青就消失了，微信朋友圈里没有更新状态。她几度想点击头像问台青的状况，又怕被误会是催逼归还借债，于是只能默默地等待着。又过了一些时日，她看到台青贴了一束白菊的图片，送别她已经不再受人间苦痛折磨的老母亲。

隔了快一年，台青主动联络她，还上了那笔钱，又提及要到苏州参加一个同学会，问能不能在同学会后，约个时间抽空见上一面。她这才放下心来，按着约定的时间，她开车前往新开业的诚品书店。

她们在立有年份书签的长阶前碰上面。台青似乎还是当年的模样，只是换了一身飘逸自在的波西米亚风，如瀑的长发垂及腰间，而她的衣着打扮则陷在居家生活里，盘着发髻，显得特别的世俗寻常。

十多年不见，她们终于有机会坐在一起，只是空间换成了书店底楼一间以手冲胶片为主题的小店。她知道内心里有很多话想要对台青讲，但四目相视时却有一种不知从何说起的无力感。

于是，她们只能又重提少女时代的话题，在冷场时看着落地窗外。窗外数柄印着店名"当年"的遮阳伞，像泄了气一般被收拢成一束，仿佛一个个孤寂的背影立在纷飞的细雨中，就像她们选择独自扛着人生变故一样。

她忽然觉得，她与台青本质上是一样的。台青看过了世界，她经历了婚姻，那些原本在字面上的事情，因为去试过最终呈现出它们本来的坦白的样貌。台青跑再远也被故乡的人情世故牵着，而她再如何的隐忍顺从，内心里也有摆脱这一切的勇气。

三层楼的书店，她们像许多认识多年的闺蜜一样，牵着手细细地逛着。路过陈列亦舒作品的书柜时，她们看到内地再版书的装帧设计都不如当年台青邮给她的那一套港版的，免不了再度感慨起来。

聊着聊着，便说起了那个早已灰飞烟灭、尸骨无存的论坛来，很多当年琐碎的事情蜂拥而至，又急速消失得无影无踪，如同青春一样强留不得。

台青趁她去上洗手间的空当，买了一些孩子用得上的文具送给她。她不知道该如何回礼，只能央着台青改签高铁票，一定要吃完一餐饭才好安心。

餐后细雨依旧，她虽不熟悉苏州城区的路况，但仍旧执意要送台青一程。结果全信了导航，就在她快进苏州站南广场时，因为紧跟在一个大巴后面，错了一个路口进入隧道且不能调头，于是只能将错就错地将台青在隧道里的接站口放下。

没有一个停靠点，连个郑重的道别都没法给。她只能嘱咐台青，别忘记了拿上车上的折叠雨伞。台青说，顺着接站口走到送站口，应该也用不上雨伞的。

她说，万一到下火车的时候，那边也在下雨呢？台青愣了一下，便不作声了，拿了雨伞下了车。

排在后面的车子不停地按喇叭，她也只能发动汽车，挂上挡位往前走。后视镜里，台青拿着雨伞望着她远去的身影越来越小。

然后，车子出了隧道，雨点在车窗上噼啪作响，雨刮器左右摇摆晃动着，忽然就有什么东西迅速地模糊了她的视线。

她在心里想，不知道她们此生下一次见面会在何时何地，而她满腹的话是否依旧不知当讲不当讲。

能说出来的都不叫悲伤

D3088汉口至上海虹桥，上午十点二十分汉口站始发的车次。周二一早，郁文芳用手机软件叫了一辆私家车，从汉阳出发横穿六条地铁同时在建的“武汉大工地”，几乎是一路小跑的状态赶上了车。过早时胡乱划拉两口的热干面，横竖撑在胃里，如同黄梅将至的天空不断翻涌。

她前一夜就试着用手机订票，可到了付款环节就卡壳，过了晚上十一点，订票系统进入例行维护时段后就彻底登录不上了，她颓然地对着已经整理好的一大箱子男孩子的四季衣衫哭了一会儿。

情绪失控也就几分钟，她就彻底地冷静下来了，她想明天一早赶到汉口站，买到什么票就上什么车，她就偏不信明天赶不到常州。

郁文芳的车票是6车9A的位置，靠窗。连着的9B、9C已经坐定了两个男人，下身都穿着制式的工装服裤子，上身随便套了件运动款的T恤。她拖着个大箱子，汗腻腻地站在走道里面，有心想叫一声劳驾师傅，可话到了嘴边还是硬生生给吞了回去。

她从挎包里掏出手绢，拭了拭额头上的汗，然后正了正声色对着两位说：两位先生，能不能麻烦给帮忙搭把手，我这箱子沉……

没等她说完，那两个男人也就听明白了意思。也没有多言语，两个人一搭手，非常轻松地就将那箱子放到了行李架上。两个人起身让了让她，她侧身往里挪，然后坐进自己的位置。坐定后，她免不了再道个谢，寒暄几句。

她见两个人面前的小桌板上各放了一个塞得满满的塑料袋，里面是盒装的冰鲜鸭脖子，武汉特产。她又瞥了一眼，他们工装裤上绣着电厂的标志，猜想这二位多半是来武汉出差，现在返程的过路客，便随口问了一句：两位先生，你们这是到哪里下车啊？

坐在9C的男人，耳朵里已经塞了耳机，开始玩手机游戏，多半也没听到她的提问。坐在9B紧挨着她的男人，戴了副眼镜，大概三十多岁的模样，也在看手机，头也没抬地随便应了一句：常州北。

郁文芳一听常州北来了精神，便说道：唉哟，还真是巧了，我也到常州北下。那个戴眼镜的男人，终于肯将手机放了下来，嘴里想说点什么，喃喃了半天却没有发出声音。郁文芳也不顾，接着说，先生，你们是不是常州的呀，我能问个路吗？

郁文芳说了个地名。那个戴眼镜的男人想了一会儿说，应该离车站不远，都在一个区，打车估计也用不上二十块钱。郁文芳又问，能不能用手机软件打车啊？

那个戴眼镜的男人笑了笑反问她说，怎么可能？现在抓违法运营那么严，手机接单的私家车怎么敢往火车站跑？你还是排队打出租好了，今天周二估计排队也不长的。

郁文芳哦了一声，自言自语地嘀咕了几句：我们武汉用手机软件叫车都叫习惯了，不过出租车二十块还真算是近的。我从汉阳叫车到汉口站还花了五十多呢，看来这常州也不大啊。

那个戴眼镜的男人多半是觉得好笑，逗着趣问她：你是没来过常州吧？

郁文芳一脸认真地回答说，是的呢，就是以前单位组织旅游的时候，听说有个好玩的游乐园，我光知道它是江苏的，也不知道具体在哪儿。这次来，本来还想着坐飞机的，网上一查也不知道买到哪里的票，后来看到有高铁动车的票，时间也不长，就坐火车来了。

那人大概觉得郁文芳这装腔作势的状态有点好玩，权当解闷的意思跟她继续聊着，我看你出门带这么大箱子，也不像走亲戚旅游的样子，你这是去常州出差啊？

郁文芳低了下头，嗯了一声应承了一下，顿了一会儿又说，其实也不是，家里人有点事，我去常州处理一下。说话间，郁文芳的电话响，她一看来电显示，马上就接了起来。

她称电话那头的人叫王律师，嗯嗯哦哦几句之后，又问款子打到哪个账户里面。那个戴眼镜的男人，虽然低着头盯着自己手机，可是耳朵还是竖着，被这一通电话勾出了无限的好奇心。

郁文芳挂了电话，看着窗外一阵惆怅。那个戴眼镜的男人看着她，也放下手机，迟疑了一会儿对她说，不好意思啊，我多一嘴。我刚刚听你这个电话是要打款给别人，这年头电信诈骗也太多了，这打款的事情你最好再确认一下。

郁文芳心里想，碰上个热心肠的，嘴上却说，不碍事的，之前都有过联系了，是托朋友找的律师，应该不会有事的。

那人迟疑了，吸了一口气，接着问，很冒昧啊，你家里人摊上什么事情，这都找上律师了？

郁文芳一时也不知道从哪里说起，她看了一眼 9C 座上的男人正在玩手机游戏，然后问戴眼镜的男人，你平时也玩游戏吗？

那人点了点头说，不常玩。郁文芳说了个游戏的名字，那人说最近一款游戏的广告打得挺凶但没玩过，他们家母公司出的新闻 APP 手机上倒是装了，挺有规模的一间网络公司啊。

郁文芳极冷静地说，是啊！我家里人就让这家公司给告了，警察前几天从成都把人带走了，现在就关在常州呢。

那人觉得意外反问她，怎么会呢？那家公司总部不是在北京吗，CEO 不是姓张的吗，怎么跑到常州来了？

这一问一下子勾起了郁文芳前几日着急上火的各种坏情绪，她叹了一口气说，可不是说嘛，人从成都带走的时候，我们也不知道，把我们给急的，幸好我老公有办法，托人打听了一下，才知道是关在常州了。

他工作忙也不好请假。郁文芳顿了顿，又补了几句，我也不想他在外面抛头露脸处理这事儿，怕对他影响不好。她迎着对方将信将疑的表情，又补了一句，我老公他是做警察的。

那人还是本能地哦了一声，然后顺着她的话说，公检法司都算是一个系统的，托托路子找找人，应该也没有什么大事的。

郁文芳停了一会儿，想想也是萍水相逢，说说大概也是无妨，要是万一在常州能够多条路子，不也是很好。她想了想，也就把戒心放下了。

她说，的确也不是大事，这人啊也不是旁人，就是我弟弟。我弟弟吧，他这个人打小就聪明，读书也好，网络啊，手机啊都特别懂，这不，我用手机打车就是他教的。我也不是太懂这网络游戏，我就知道他也就是在网上卖卖游戏装备，这也没有挣多少钱，就被那个公司给告了。

那个戴眼镜的男人问她，这网上卖网络游戏装备的多了去了，

人活着就是各自修行，
低头能过的地方，
又为什么非要强出个头，
争出个你高我低呢？

怎么会被抓呢？要不就是同行举报，要不就是因为诈骗数额太大了吧？

郁文芳听到诈骗两个字就急了，连忙反驳说，怎么可能是诈骗呢？我弟弟那么老实的一个人，他怎么可能骗别人的钱呢。他做得也蛮辛苦的，我知道他写代码都要熬夜熬到很晚的，他跟我说是为了帮那些玩家，买了他的装备就不需要二十四小时挂在网上熬了。

那戴眼镜的男人哦了一声回应她，按你这么说，那你弟弟卖的应该不是装备，应该是游戏外挂，那种东西的确容易招惹是非。

郁文芳听到这里，觉得戴眼镜的还是有见识的，比她那光知道发火、甩手不管的老公强太多了。她问那人，你说他也没有挣多少钱，怎么这网络公司会这么跟他较真，非要把他抓起来坐牢呢？

那人推了推眼镜说，那也不能这么说，这游戏公司的损失可不是按你弟挣的收益来算的，人家还有客户流失、虚拟资产受损呢，这关键就得看怎么评估这个案值了。从现在的情况来看，你弟弟已经被关了，这刑事案件肯定跑不掉了。

郁文芳一听，心里凉了半截，如落水人乱抓浮木般地问，这把钱都退出来，再赔点，不坐牢不行吗？

那个戴眼镜也觉得萍水相逢，又何必把话说那么重，于是便调转话风安慰起她来，这事吧，按理说有“两说”的可能。现在我们国家网络立法不全，就看你请的这个律师怎么帮你们打这个官司了。

那人看她还想问点什么，赶紧另起了个话头接着说，话说你弟弟也挺厉害的，能写这个代码的那就能算个高手啊。郁文芳将信将疑地点了点头。那人又接着安慰她，人已经关着了，你也别想太多了。凡事啊都得一分为二地看。现在看是吃个官司，可着影响大的话，说不定哪家公司就看上你弟弟是玩技术的料，高薪聘他也说不准呢，这算不算是因祸得福啊！

郁文芳虽然听出来这话里有安慰人的成分，但仍旧觉得好受了些。她叹了口气说，说起来我们也算是本分人家，从来没有摊上过这样的事情，遇到了总归心里发慌，听你这么一说，我觉得我……她明显地卡了一下，又接着说，我弟弟这事儿吧，还有点机会，要是能帮上忙，我这一趟也就算没白跑了。

那个人见她情绪上缓和了一些，决计不再跟她乱扯案件的事情了，便随口聊了些其他的。一说她弟弟遇上这样的姐姐也是福气，又说看不出她已经四十多岁的年纪了，还闲扯了几句武汉和常州的房价、天气以及工资收入。他们聊到了孩子，她说她儿子在读军校，现在大三，都当上排长了。那人说还是她有福气，年纪相仿，他的孩子还在念初中。

那个人问她在哪里上班，她说在学校。那人想都没想，顺着她的话说，你一看就像个老师。她顿了一下，反问那人，我有那么像吗？那人说，像，特别像我读初中时候，教我们语文的，你老公当警察，你是当老师的，像你们这样的家庭，孩子难怪有出息。她不知不觉中被这句话给逗笑了，笑出了声。自从出了事之后，她还从来就没笑过，可是不知道为什么这点儿就笑了，连她自己都觉得意外。

可不是吗？当年她考上中专读的就是师范，也当了一年多的小学老师，可也不知道为什么，年轻时攒得这一手好牌，打到人近中年，居然只剩下这几张哑炮了。

她失掉了聊天的兴趣，好在这个时候，乘务员开始来来回回地推销盒饭。两个男人开始点餐，拆了一盒鸭脖子啃了起来，问她要不要也来点。她说没胃口，最近一直没有睡好，上车有点犯困了。

她闭上了眼睛，其实也没睡着。事态还未明朗，她又怎么可能睡得着呢？从去年下半年开始，她就没睡实过，先是儿子读的学校出了事，学校领导抓了一批，儿子那一批没有军籍的委培生全给清退了。

儿子说要在成都找工作不肯回武汉，她想孩子大了有自己的想法，可也就是这个一时大意误了事。可是退一万步，回武汉又怎么样呢？她现在就是一个幼儿园里看孩子的阿姨，能有什么本事帮儿子找到一个像模像样的工作。

她的手机震动了几下，大概是有短信进来了，她仍旧闭着眼，听之任之没去看。这几天，但凡听说此事的亲戚熟人也都纷纷打电话过来关心，话里话外透着嘘寒问暖，但她都听出了看她笑话的弦外之音。

也怨不得那帮人，当年她走出农村就已经让人眼红，又从荆州上到武汉，嫁了人落了户口，风风光光了好几年，可风水轮流转，现在轮到她被人看笑话了。她心里想，活得再憋屈，也不能让人给看扁了，再有难处，她也决计不会跟他们伸手。

倒是邻座戴眼镜的男人多事，用胳膊肘碰了碰她的胳膊说，你手机在响，别误了事。她也不能再强装睡着了，于是滑开手机锁屏界面。的确有好几条短信，但前前后后都是她老公发的。

一条写着：孩子能犯这么大事，都是你这个当妈的给惯的。都这个时候了，你还想着去捞他，他这样再不尝点教训，吃点苦头，能学好吗？

又一条写着：他妈的什么破单位，说老子刚请过假，不批我的假。不就是一个破保安吗？也挣不了几个钱，老子还真不干了。

还有一条写着：这事肯定是要钱的，我就不明白你有什么开不了口的，难道非要我这个大老爷们跑去跟他们借钱啊？

短短几行字，看得她心里生疼，两滴眼泪生生地砸在手机屏幕上。这就是当年，她为争那口气嫁的男人。她图了他什么？落户武汉，现在除了房价贵，屁用也顶不上；国营企业有保障，可他早几年就买断工龄了。而自己呢？背井离乡，丢了饭碗，跟着他粗茶淡饭活了半辈子，这一刻还奔在搭救儿子的未知路上。

大姐，你没事儿吧？邻座戴眼镜的男人，放下啃着的鸭脖子，关切她起来。她连忙对他说，我没事儿，没事的，谢谢你啊！她也没掏手绢，迅速用手背抹了抹眼泪，接着解释起来，我就是忽然想起我弟弟小时候的事儿了，你说他打小就聪明，多好的一个孩子啊……

话没说完，她又闭上了眼睛，心里面嗡嗡作响。她不明白，自己为什么现在连在陌生人面前，都惯性地将自己不堪的生活藏得那么深，如果这不是防止他人窥视的本能保护，那又是出于什么呢？她想不明白，她只知道，有些话她不能说，只要一说破，这么多年她就白活了一场。

一张被当作书签的票根

一出梅，大太阳就火辣辣地烤着。星期三下午，陆湫影戴了顶度假风的阔檐帽，挎了只创意市集淘来的帆布袋，去图书馆还书。大概是放暑假了，图书馆的人较平时多出不少，很多公共的座位都让学生们给占了。

她在三楼文学部的自助机上还了书，就去新书架前转了转，那边依旧被满坑满谷的鸡汤书占着，她一点兴趣也没有，于是掏出手机看看微博读书账号有没有新的推荐。博主下午刚发了一条推荐，李开复的《向死而生》，并写了一行推荐语：死亡是让这个“生而不平等”的世界走向平等的唯一办法。她想了一会儿，觉得这话在理，于是就去电脑上检索馆藏信息。这书一共三本，都在馆，目录索引号是 K825.38/316。

环顾四周书架，密密麻麻都是字母 I 打头的，怎么也找不到 K

序的书架，她就去问馆员。昏昏欲睡的馆员头也没抬地答复她，K在三楼另一头的社科部。她将阔檐帽拿着在手上当扇子，穿过长长的走道，进了平时很少去的社科部。政治、哲学、宗教、心理、戏剧、科技……社科部的目录分类和书架排布比文学部阵仗更大，她一通好找才在社科部顶里面的书架上找到那本书。

一张借书证可以同时借六本书，她又难得逛到社科部来，于是手里拿着书一边往回走一边再看看还有什么可以借来看的。社科部心理目录类书架上，鸡汤书更是排山倒海，标题都是大同小异的结构，内容不是婆媳过招，就是为爱嫁人。她一刻也没多留，径直走过。

再前面是宗教类书架，新约旧约什么的排布了一架，她忽然想起刚离婚那阵子，曾经被小姐妹拉去做礼拜，但始终觉得隔着一层什么，终究不曾信了主。再遇上这些新约旧约什么的，就有一种恍若隔世的错觉，她不自觉地从书架上抽出一本来，书名是《众神与人类的战争》，她根本猜不出是讲什么的，只是随便翻翻。

一张薄薄的纸片从书中滑出，飘飘荡荡地落在脚边。她俯身去捡，居然是一张高铁票。车票上的时间是2015年5月5日下午17时05分，右上角还有一个模糊的红印，大概是进站实名验讫时敲上的，多半是没用了才被人拿来当作书签。她想都没想就顺手将那车票夹回去，就在她准备合上书的时候，出发站位置印着的两个字刺得她心里生疼，要不因为他的关系，这辈子她也不会与这两个字有半点关系。

淡蓝色的磁质车票，一个向右的箭头上印着 G7243 次，车次的左边是丹阳，右边是苏州。他第一次约她出远门，就是去的丹阳，他说那边买眼镜特别便宜。她在心里想买副眼镜能便宜多少，值当坐高铁专门跑一趟的，可转念一想他买的是下午去丹阳的车票便羞红了脸。买眼镜根本就不是此行重点，他们在偌大的眼镜城里，只花了半个小时，在一格不起眼的柜面上，各自随便挑了一副墨镜，然后就去了旅馆。

他下决心辞掉工作去苏州，一方面是想或许和她在一个城市还能有点希望，另一方面觉得这眼镜店的生意迟早要黄，老板被家务事闹腾得心不在焉，他担心做到年底工钱反而不好结。小长假的热潮一过，眼镜城就没有什么人，一整个下午他就只卖了两副墨镜。顾客是对情侣，既不挑捡也不还价，买了就走，特别爽快。是啊，喜欢的东西又何必去计较代价呢？他一边想一边摘下胸前印有他姓名的工牌，更加认定自己这一步走的是对的。

他的年纪要是在老家，孩子早就要念小学了，可他还是爹娘着急上火时便念叨着的“光棍”。早几年，他在外面打工，耳不听为净。这一年，爹病了，娘老了，他忽然就觉得这心里开始没着没落的了。早几年，爹娘逼着他在老家盖新房，他心想一年也回去住不了几天，这不等于把钱往水里扔么？爹娘有爹娘的老理儿，谁家媳妇不是红口白牙谈来的。他被逼得没办法，最后也只好依了。新房打顶的时候他回去了一趟，看到爹娘为了省钱自己做小工，晒得又黑又瘦，他又觉得心里不是滋味。

他不是没有喜欢的人，可也就是这喜欢耗了他这么多年。他与她算是青梅竹马，从初中开始就是同学。早几年，她来江苏读大学，他出门打工也就奔着江苏去了。一开始，他觉得没什么，后来有一次她跟同学出去玩，邀他一起去，他没多想，就请假去了。同龄人玩在一处，她同学免不了问他在哪个学校读书，他还没有来得及答，她便帮他打哈哈过去了。

那是他第一次意识到年少时的爱情单纯且脆弱，经不起人生的起伏和世情的变化，可他心里仍旧喜欢她，就像他在外面漂了那么多年，每到早餐的时候，仍旧会想到胡辣汤配油条，一大碗喝下去心里暖暖的。

那个时候的冬天还真冷，天色黑擦擦地就骑车出门上学了，他就等在她家庄子前面，他总能远远地就认出她来，等到她骑车经过身边就随在她身后。快到学校附近饮食店的时候，他就会骑到前面去，点好两碗胡辣汤等她过来。她进了门，摘了帽子手套，趁热喝了一口，然后笑着说，这一碗喝下去，胃里暖暖的。

不时不节的，工作也不太好找，好在同乡有个落脚的地方，他便住下了。她知道他来了苏州，主动跟他说有空出来一起吃个饭吧。他回复她，看你方便。她也爽快说，不行就这个周末吧。她说了一个地方，他说能找到。

到了周末，他按约定的时间准时到了，远远就看到她站在一处并不显眼的地方，低头玩着手机。他走近了，用乡音唤她的名字。她听见了，抬头看见是他，主动迎上来，用普通话回他，我还怕你找不到呢。他笑了，也用普通话回她，怎么可能。

他不记得那一天吃了什么，就光顾着听她说话了。她聊了聊最近新换的工作，又说了说这一年飞涨的房价，还问了问他来苏州有什么打算。他说也没有什么打算，先找个工作做起来，到苏州总归机会大一点儿。她笑了说，你眼光可以啊，这刚被规划成特大城市没多久，你就闻风而动到这里来了。他心里知道，他们眼里的机

我知道那些曾经温暖过我的声音，
在历经世事之后，
最终都变成了温暖他人的力量。

会压根就不是一个意思。

吃完饭，她说还有英语口语课，不能陪他转转了。他说，没关系。她也说，没关系，刚来不熟悉，有什么难处尽管说。他笑着点了点头，然后起身准备去买单。她说不用了，我用手机支付买过了，说好了是我请你吃饭的。出门等车的时候，她忽然扭过头来跟他说，你也别太着急，这年中招工的是不多。你这段时间要是有空，就去图书馆读读书充充电吧。他点头称是，心里想她说这句话肯定是无心的，但依旧觉得胸口闷闷的。

她自认是个实用主义者，出了学堂门基本上就没读过书，这又重新捡起书来看，多半也是因为离婚的关系。刚办完手续那段时间，她常常整夜睡不着，全靠这些鸡汤书撑着，大概也就是那个时候，被这鸡汤书弄坏了胃口，现在一行字也看不进去。

婚后不久她就怀孕了，前几个月妊娠反应比较大，经常请假旷工，后来索性就辞了原先的工作。等到稳定了一些，她就以老板娘的身份去店里转转打发时间。他的生意不大，但客源一直很稳定，主要是卖酒，另外还代理了一些需要进卖场销售的速溶咖啡奶茶之类的杂货。她最终选择嫁给他，内心里多半也是因为这一眼就能望到头的日子，看起来是如此的现世安稳。

可是他们还是离婚了，前后维持都还不到一年，婚姻破裂的原因也很简单，出轨，换什么样的女人都不能忍。出事时也是放暑假，外婆旧疾复发住了院，一大家子人全都扑了上去，刚念幼儿园小班的侄子只能托给她。她这个当姑姑的，挺着肚子自然是顾不过来的，好在姑父能够电话遥控店里，三不五时地回来帮忙盯着，让她省心不少。

出事那天是定期产检日，她一大早就出了门。妇保所人多队伍长不说，她初检下来好几个指标不合格。医生让喝葡萄糖水，每隔一小时抽一次血。她只好给他打了个电话，说中午别就着她吃饭了，带孩子随便吃一点，她这儿怎么也得折腾到下午才行。体检完，等到出结果，已经是快晚饭的时候，其间她收到他几条短信问什么时候回，要不要接，她都回说早着呢。

到了家门口，她一摸口袋发现忘记带钥匙了，按了按门铃，半天也没有人应。等她正准备打电话的时候，小侄子给开了门。那孩子见到她先愣了一下，然后嘴里嘀咕着地叫了声阿姨，扭头就进了他们为自己的宝宝预备的小房间里。

她一开始觉得好笑，这孩子平时叫姑姑叫得好好的，怎么忽然就改口叫阿姨了。等她放下包，坐定了，看见他衣衫周正地从房间里走出来，笑嘻嘻地问她饿不饿的时候，她忽然就觉得哪儿不对劲。她几乎可以断定，不在家的这段时间里，这家里肯定来过别的女人。

她一直说不清楚为什么会有这样的直觉，可是事实证明她的直觉是对的。现在看来，她并不觉得拥有这样的直觉是什么好事儿，如果她不揭开她婚姻里这道疤，也许还能将错就错地往前糊，孩子落了地，大家也就都有了牵绊，这婚也不那么好离，她想要的现世安稳还依旧是那个现世安稳。

她就这样站在图书馆社科部哲学目录的书架前，对着车票上的“丹阳”两个字，将那段前因后果在脑海里跟放电影似地过了一遍，心里仍觉得郁结难解。她又看了一眼车票，在车次站点信息的下面，印着乘客姓名和身份信息。卢助威，她在心里默念了那三个字，顿了一下，又习惯性地扫了一眼身份证号码前几位4105261986＊＊＊＊，直觉告诉她，这个名字她一定曾经在哪里见到过，很快她止住了自己的探究欲，她一点也不想让直觉左右她自己。

他很快找到了一份送快递的工作，因为他会开车，公司还给配了一个三成新、跑起来直响的小面包。这工作忙起来吃不上饭、顾不上跑厕所，但闲的时候也确实是两个小时干完一天的活。那天他早早就收了工，天没黑就躺上了床，却怎么也睡不着，他想起那天吃饭时，她在告别的时候给他的建议，他反复揣摩她讲这句话的用意，是不是也是在暗示着什么。

他想到离他租住小区不远的地方就有一个无人值守的二十四小时自助图书馆，他就爬起过去看看。一台小亭子大小的机器，他试着用身份证在机器上办了借阅证，机器显示屏提示他，非市民卡用户需要交一百元押金，他在钱包里掏钱的时候，发现那张从丹阳来苏州的车票还留着，心想也好，多少是个纪念。办好证，他又按着操作提示准备借书，可是看着屏幕上显示的书目，他却想不到要读什么，他又在想她讲那句话是不是在点醒他什么。

好在机器上有随机推荐按钮，他依着提示按了几下，机器反映了一会儿，就从里面吐出几本书。他也没心思细看借了什么，只是将那几本书像珍宝似的捧在怀里，大步流星地往回走。天色又暗了一些，街灯忽地一下就次第亮了起来，先是微微的白光然后越来越亮糅杂更多的橙黄。就见他忽地站定了，肩头颤动努力地仰着头，身后拖着那一条长长的身影像个耷拉着的尾巴。

也就是白天，他送快递开车路过一家百货公司，远远地就认出她来了。看见她挽着一个男人的胳膊有说有笑地往外走，那男人秃头约摸五十多岁的样子，手里拎着几只购物袋。他心里一慌，脚下就失了控，面包车就蹭上边上骑电瓶车的大姐。这几年她变化那么大，他想要是没有远远地认出她来，该有多好。

自从去了车管所上班，她的工休日就一直不固定，单月是上两天休一天，双月则是上三天休两天。原先周末聚在一起吃吃喝喝打发时间的小姐妹，因为经常约不到一起也就疏远了。她只是外协公司聘的临时工，虽说是前台接待，但窗口分流的活早就让自助取号机给抢了，她能做的就只剩下帮前来办业务的人复印个人身份证件。

民居身份证需要正反两面都复印，且要同在 A4 纸的同一面上。她一般会先复印正面，再将那张纸印了内容的朝上，依着纵轴的方向调个 180 度，再次放进纸槽，再复印反面。过了一遍的复印纸失了静电，偶尔会卡在机器里。遇到这种情况，她就只能掀开面板，将硒鼓取去，依着操作面板的提示找到卡纸的地方，再一点点地扯出纸来，再换张新的将所有流程再重来一遍。

活儿是一阵一阵的，有时候忙到眼前的长龙一直排到门外，有时候一整天也没有几个人，这样的工作其实就是一种消磨，没人的时候偶尔读读闲书便成了打发时间的最好方式。然而每次到了公休日前一天快下班前，她都会小忙一会儿，她要收拾自己当班那几天作废的复件印，因为上面都印着公民的身份信息，她觉得只有进了碎纸机才算安心。

那些卡过的纸本就不平整，进碎纸机的时候更是扭曲。纸上印重叠又缺漏的几个字“签＊机关 滑县＊安局”歪歪扭扭地进了碎纸机，化为雪花般的碎片儿。陆湫影在心里想，滑县？滑县是哪里？在哪个省？读书的时候有没有学过？还是她读完就忘了？可是直觉告诉她，这个地名与她存在着某种牵连，但是她又不想让直觉左右她自己。

她在脑补的画面中过完了这一生

七骨仙一直记得读书那会，教现当代文学的教授总喜欢兜售他那套理论：一个好的创作者，必定要有高超的生活观察技巧，能够将自己的人生经验、情感诉求投射在其中，达到超脱现实的忘我境界，才有可能创作出好的作品。

令人昏昏欲睡的暑热，那个年过半百，却依旧顶着一头如少年般毛糙头发的教授，站在没有空调的阶梯教室讲台上，汗流浃背地拿在斯坦尼斯拉夫斯基表演体系中成长起来的一些资深演员的事迹来说事，说他们如何蹲守在群众之中，观察老百姓的日常起居、行为举止，混迹在人群之中，无台词的即兴表演，逼真得连当地老百姓都没有发觉异样。

可是，七骨仙对教授的那套理论却不以为然，并不是这样的理论缺乏实证依据，没有可取之处，而是这套理论远在她世界之外，而她一直认定自己是个实用主义者，用不上的东西尽量不沾身。当然，她所面对的现实也让她没有办法不是一个实用主义者。

与很多被照顾得很好的同学相比，她需要为每学期的学费和生活费操心，虽然现如今看起来并不是特别大的数目，但对于她远在东北乡村的家庭而言已经是惊人的数字了。她拿到大学录取通知书的时候，母亲曾经在夜深的炕上与她聊过。

母亲劝慰她时，用的是她自己在田野生活里积累来的那一套理论：女人到最后总归还是要嫁人生孩子的。她借着窗棂透进来的天光，看着母亲在暗夜里的轮廓，见到一个被人生黑暗困着从未见过天光的人，心中满是悲悯。她意识到每个人都被局限，永远无法突破那身处的格局。母亲的那一套理论只能行走乡野田畴之中，而并不是她想要的更为广阔的世界。

她的学费和生活来源除了一部分是靠奖学金之外，更大一部分是靠在一间文学网站写作获得的。她觉得她的写作正与教授的理论相反，并不需要太多的生活观察，她一直担心的事情是她想象力的缺乏。

那是一间以玄幻穿越小说为主打的文学网站，她以追随者等

我们有太多的经验来自
于影像，书本以及我们
理所当然的想像，但当
我们第一次直面死亡的
时候，才知道它的挣扎
与痛苦，才明了它的盛
大与喧哗。

待连载的迫切心态为生，并且在圈中小有名气，而七骨仙是她随手取的笔名，并没有特别的意义。事隔多年之后，她偶然得知“骨仙”是一种药，功效填精益髓，舒筋活络，养血止痛，多用于治疗腰腿疼痛、须发早白等症，她这才意识到冥冥之中有股力量。

出社会后，七骨仙的人生还算顺遂，应聘在省级群众组织的机关报社里当编辑，朝九晚五没有业绩压力，日子过得清闲自在。又过几年，玄幻穿越小说赶上了大热题材，她的多部作品售出了影视改编权，她也得以赶在房价大涨之前，在长三角的省会城市安身立命。

纵使她心中仍有诸多不认同，她的人生还是应验了母亲的那套行走乡野的生活理论，结了婚、嫁了人、生了孩子。丈夫也是东北人，专业背景也极为相似。她像很多寻常的女子一样，在经历了猛烈的追求，品尝了爱情的甜蜜，遭遇了浪漫的求婚之后，开始应付柴米油盐，回归到世俗生活中去。

丈夫在一家知名的都市晚报做记者，主持一个群众求助类型的民生栏目，扮演生活百事通和媒体监督员的角色，协调政府各职能部门帮着老百姓解决家长里短、矛盾纠纷，半夜被电话抓起来从来都是家常便饭的事情。多年生活养成了默契，她不必等他回家吃饭，他也不必报备日常行踪。

业余时间，她仍旧在写玄幻穿越题材，作品数量上依旧高产，只不过她自己知道，她的写作已经渐渐陷入了某种既定的模式，那种得心应手的感觉正在消解流逝。好在她的读者并没有与她一起停留在原处，追随她的人群换了一茬又一茬，永远都是二十岁不到的年轻人。

七骨仙一直觉得她的才情不能再在“开坑”与“填坑”之间消磨了。她换了一个平台，换了一套文笔去写婚姻情感、家居生活，结果反响平平，这让她有极度的挫败感。后来，她在王安忆的小说中读到了一行字：顺遂的人生总是缺乏想象力。她意识到自己问题的根源，但却不可能让自己的人生变得动荡起来，这个时候她想起那个头发毛糙的教授。

她开始学着观察生活里随处可遇的陌生人，帮人接送孩子的小保姆，身上一件与气质不衬，超越收入负荷，略显超龄的新衣服，为何让她面带春色喜不自禁？那个在地铁里拖着行李箱，妆容依旧精致的空姐，下了夜航的班却没人接送，是不是刚与富贵公子分了手？她习惯性地去脑补情节画面，靠着自己的文笔投入到角色里忘我表述，笔下的作品渐渐也有些生色。

就在她觉得可以随着玄幻穿越题材退热，完成自己在写作层面转身之际，她有留心观察到丈夫的一些反常细节。凭空多出来的，未经她手采买的内衣裤；夜归时身上沾染的连烟酒味都盖不掉的脂粉味。她一开始以为这只是写作者众多"职业伤害"中的一种，但后来的事实证明她的想象并非多余。

在她纠结取舍之际，她的身体起了变化，一开始仅仅是腰腿酸痛，很像坐月子时留下的劳损，后来演变成偶发性的阵痛，发作时常常令她不能直立。由于担心在后续的抚养权官司中失利，她一直都隐瞒着丈夫，独自一个人面对医院的诊断结果。主治医生大概也从她的独来独往中脑补到一些什么，最终坦白地告诉她已经是骨头上的问题了，治愈的可能万分之一。

她终于可以坦然地面对取舍了，纵使丈夫以足以登上社会新闻版面的姿态向她悔过，以图证明那只不过是男人逢场作戏的荒唐，她仍旧头也不回地坚持着签字办完手续，放弃抚养权，出售名下房产，变卖身外之物，留了一部分钱给父母，终止与媒体合作专栏，草草填完那些还有可能再续写下去的"坑"，裹了一件自己最喜欢的大衣，在一个风和日丽的下午出了门。

漫无目的地旅行，身体的状况只能允许她去往坐高铁便可以抵达的城市，她用手机 APP 预订居家客栈，洗衣做饭住上几日再去往下一处。七骨仙从不去逛名胜景点，而是流连菜市排档，在城市的烟火味中穿行，喧哗的市声以及那些迎面而过的陌生人，惯性的脑补画面里是永远都是未完待续的“坑”，这让她可以暂时淡忘掉孤独面对死亡的恐惧。

去往武汉的时候，七骨仙意识到自己的身体状况已经无法负荷再多，她甚至想过解脱的方式，但终究没有去做。世间多少还有些值得留恋的部分，前夫的悔过、孩子的哭泣，还有那些草草填完仍没有做到完满的“坑”，她无法预估自己是否会后悔，所以只能听之任之地任由这副躯壳依着自己的定律往前走。

武汉是座人间烟火味四溢的城市，蓬勃的夜生活，涌动的人潮，即便在最粗粝的地方都勃发着生命力，这让她的人生无望感消解了不少。这其间，她的主治医生也多次给她打了电话，推荐了新的治疗方案和靶向药。她忽然意识到，她这许多年都极少听得进他人的意见，但后来还是在不知不自觉中活成他们说的那样，也许可以试一下，哪怕真的只有万分之一的可能。

她订了票结束武汉的旅行，坐上出租车准备返程。从东湖租住的客栈去往武昌火车站的方向，出租车路过一个十字路口便被堵住了。附近就是武汉大学附属医院，进进出出的车辆多，加上擦碰小事故，交通拥堵在所难免。在等着通行的时间里，她有留心到站在街边公交站旁的一对男女，却不太像是在等公交车的乘客。

女的面朝着街面，远远地看大概也就四十出头的模样，上身是素色的紧身衣，下面配着缀满花案的大摆裙，一双平底鞋。如果不是头上严严实实地裹着头巾，那个女的看起来与寻常热衷广场舞的街坊大姐并无二致。可是，七骨仙知道，在她就诊的病区随处可见这样的头巾，常用来掩饰治疗过程中脱发的副作用。

那男的背对街面，看不出年纪长相。七骨仙只能从他们的举动判断他们在争论着什么。女的情绪激动时，将双手举到胸前，徒劳地抓握着空气，然后再狠狠地甩到身后，那动作有着舞蹈动作的夸张，却又不失生活中的寻常。等公交车的路人纷纷侧目，既保持着所谓安全距离，又被好奇心扯回耳目观察着他们的争论。

七骨仙无心八卦，可脑海里却止不住地涌现出画面。他俩第一次见面，江滩夜风里，她被他的笑话逗得吃吃地笑；后来他因为争风吃醋，与她的舞伴大打出手，很长时间她不再去公园，以免看了之后心痒；他俩在汉口的老房子里热烈地做爱后幻想未来，结婚生子的日子却一直不曾如他们所想，平淡得如流水一样；他们不再

我渐渐感受到讨生活与过日子的区别，
讨生活更趋向生存的物质追求，
而对生活艰难身段更低，
将那些粗鄙的行为举止视为能屈能伸，
而过日子虽然脱不了物质之间的干系，
但却多了份精神上追求，
行为举止与现实之间常有错位，
让人觉得不是那么恰当，
可正是这种不恰当，
却让人看到了生活的希望。

关切彼此，以为老夫老妻都是这样，她在寂寞中去公园里捡起了旧好，可他再也没来挑衅她的舞伴；再后来，她生了病，他移了情，她有不甘，他也有不愿，他们就这样棋逢对手、此消彼长……

交警很快赶到现场疏通，交通很快恢复了正常，但仍然阻止不了出租车司机用汉味的脏字咒骂城市建设和交通规划设计。那一对陌生的男女被远远地甩在身后，七骨仙又重新置身于川流不息之中，她忽然意识到，在那拥堵的几分钟里，她已经在那些脑补别人的画面中过完了自己的一生。

每次走过这条长春路

有那么几年，她并不经常路过长春路，虽然公司的门店就在附近，但她出门去办什么事情或者偶尔去现场盯客户的时候，总是有意无意地绕过那一段路，但每每经过与长春路相交的那几个路口时，她还是会想起他来，想起来他开的长春路上那间药店的"断句玩笑"：某市长春药店。她的嘴角仍然会浮现起一丝娇嗔的表情。虽然与他相处的时间并不长，但一直在她的印象里，他一直都是那样的一个男人，带着一点不羁的味道。

大学毕业后，她在广州短暂工作三个月便被公司发配来了这里。这是她此生从未听闻过的地名，在地图上搜寻了好久，才在上海边上找到这个小小的城市。那个时候，城市规模还没有扩展开来，郑和路还叫城北路，再往北便是城市的边缘，太平路往东已经见得到田野村落，电视台在现如今知名大卖场附近，而大卖场的地基上还是一块鱼塘。唯有长春路一带还有一点点集镇的意思，生活配套还算齐全，她便在附近临时租了处房子。

在这个城市的开端并不顺利，她依稀记得十一月的晚上，不过是七点多钟的光景，她一个人在公园吃了碗面条，步行回长春路的住处，一路上迎面一个人也没有遇到。陌生、清冷是这个城市留给她的印象，纵使带着一腔初生牛犊的劲头，也在没有基本市场、没有基本消费群体的磨砺之中消耗殆尽。一年销售五十套整体橱柜任务纵是公司高层已经减了半，但她还是觉得这个目标遥遥无期。

她是在一次“年夜饭”上认识他的，做这样的销售，总是免不了参加各种商会、跑各种熟识人际关系的场子。越是小的城市，人际关系越是复杂。既然主推的家用市场拓展不开，唯一能做的事情便是希望工装上能够跑点量，可是工装市场要垫资周转、要人情疏通，她自己也觉得啃不下这一块骨头，但无论如何还是要硬着头皮上。

她是第一次在席间听到他讲那个“断句笑话”，虽然还是个待字闺中的女孩儿家，但她也是随着大伙吃吃地笑了笑。后来，他们熟识之后，她也曾问过他几时注意到自己的。他便回答是那一餐席间看到她笑得很特别。她并不觉得当晚自己有多特别，能够让他在好几桌各色人等之中注意到她，她只是觉得他讲这话，心里暖暖的。

虽然这不是她的初恋，但却是身入职场之后的第一次恋爱，总有一些里程碑式的意义。与校园里牵手谈浪漫不同，她与他多了许多事业层面上的交流，他会给她引路，将她介绍给头头脑脑，交代她一些注意事项，仿佛人生导师一般，总是在她最无助的时候给予支撑。

这样的状态让她觉得新鲜，事业有了起色，销量跑了上去，公司终于肯将这一片区的代理权放心给了她，他又出了点资金帮她周转代理权，更让她觉得这样的人，是可以托付终身的对象。他是一个懂得浪漫且会讨人欢心的男人，过了销售安装旺季，他会约她去附近的水乡小镇住上数日。只是有时候，他也会消失数日，各种联络不上，连周遭的牌友也不知他的踪迹，但他还是带着礼物回来赔罪，将她逗到吃吃地笑为止。

他们便这样认识了，像所有陷入恋爱里的男女一样，尽可能排出各自的时间见面。她偶尔在客户家盯现场，或者是等客户下班后去结尾款，这些常常会耗到很晚。他只要在这个城市里，都是开车过来接她，送她到长春路租屋的楼下。陪她步行去水果摊买水果，然后目送她上楼。夜色灯火下，两个人的影子被街灯拉长又缩短，穿行过树影斑驳、寒暑交替。

积累了几年，她的手头终于有了一些资本，将门店从“老车站”的陶瓷城里搬了出来，在长春路附近的街面上租了一间门面，楼上楼下的格局，又代理了一个整体衣帽间的品牌，扩大了经营的范围。他说，现如今的房地产市场一片大好，与人合作了一个项目，就在长春路上。她跟着去看房子，她想在开盘先挑好。因为总觉得远在安徽的父母将来总归要靠在身边才好，于是选了一个二楼的小户型。她自是信任他的，给了他一笔钱，签了合同，补了协议。

但半年之后，他便人间蒸发了一般再也寻不到。后来，陆陆续续听到了一些细节，比如他是有婚姻的，孩子都已上小学了，只是她不知道罢了；再比如地产项目的另一个合伙人吃了官司，他也跟着跑了路，身在何处她能猜得到，只是她不愿意去寻罢了；再比如像她这样的姑娘其实他身边还有几个，只是有一些已撕破了脸皮，现在也在向他追讨损失。这些事情，以前从来没有人跟她讲过，只是到了这步田地，才有一些不相干的人跑出来劝慰她：姑娘啊，你真傻啊！

她扪心自问是不是真的傻了，难道从来没有觉得异样过？答案是否定的。其实，在与他交往过程中，一些细节自己还是留意到了，只是在那个当下，她宁愿自己是看不清、看不明白的。现如今留下已经盖好，但没有下水道、没有排污渠、没有物业的房子，她也知道这便是她应得的结果。同为业主的其他人劝她也去有关部门集访，她自知如何处理，只是淡淡地回复：有那闲工夫不如开门去做生意。

她见过那些别人口中的女人，有一些直接堵到她的店门口，以为她是共谋吞了她们的钱财。她自视自清，也不去理会，日子一长渐渐地也就散了。他的结发妻子处境也是困苦，虽然已经与他签了一纸离婚协议，但仍被人追债不得去处，更没有什么生活来源。她也由中间人接济过他妻子一些钱物，但终究于事无补。事情一旦到了无望结局的境地，她反而坦然了一些，渐渐得也不再关心这些前尘往事。

长春路的房子几年后手续终于齐全，也顺利地脱了手，她的门店也在各大装修城里面扎了营。多年的积累让她终于在城东拥有了一套别墅，人生的轨迹自然与长春路的岁月划清了界线。她嫁了人，一个木讷憨厚的男人，在一家装修公司做设计师。空闲下来沉溺于电子游戏，从不过问她的生意，也没有自己想要创业的打算，更无心关切她的情路坎坷。她后来想一想，之所以会嫁给这样的男人，大概也就是这三个因素。

如今事业上再遇到问题，她都是独自处理，但内心里面仍然住着一个语重心长的他，她知道现如今自己处事的条条框框还是当初的那个他教会的。而那个当年让她找到人生支撑的男人，仅仅只是生命之中的过路客，就像曾经住了很久的长春路一般，在创业之初还是这个城市人气集聚的一条路，渐渐地便不再起眼，也像他们在长春路上挑的那套房子一样，以为是个归宿，醒过来才发现是美梦一场。

她以为，此生不会再见到他了，但是后来，他们还是见了一面。她在客户家里接到一个陌生的号码，但很快听出来是他的声音。她跑去消防楼梯跟他讲话，然后在楼梯上坐了很久。她拜别客户，火速回家收拾东西，发短信给丈夫谎称去广州开总公司的紧急会议，驾车前往虹桥机场。将车扔在停车场，打了一个出租车跑去附近一间快捷酒店找到他。

他们在酒店房间里枯坐了一整个下午，一言不发。她黯然地流泪，他颤抖着去亲吻她的眼泪，她终于失控，倒在他的怀里，仿佛无助的婴孩。他们肌肤相亲，翻云覆雨，仿佛这几年的分离不曾有过一般。她从他的衣着气度里面知晓他的经济状况，也知道他现如今众叛亲离的处境，她唯一能做的事情，便是将密码抄在一张便笺纸上裹了一张信用卡塞在他上衣内侧的口袋里面，然后趁他熟睡之际逃离酒店。

她在归程途中的某座高架桥下停了很久，在昏黄的路灯下止不住的哭泣。这不是她所料想到的，他与她的结局。她以为此后数年，他们能够重逢，而她可以放得下一切，去追随他。能够像当初他对待她一样，将他从困境之中拯救出来。等到这一切摆到她面前的时候，她才发现自己没有勇气和能力去做任何形式上的牺牲。她抛不了丈夫，弃不了孩子，唯一能做的事情便是眼睁睁地看着他困在现实里面，无力东山再起。

转年，她又生了一个女儿，大概也只有她知道这是他与她的孩子，她觉得这件事情可以一直放在心里，不需要跟任何一个人讲。后来，她也有耳闻关于他的一些传闻，有人说他跑去山西了，认识了一个做煤炭的女人，现如今也是过上了好日子；也有人说他已经过世了，结局很惨，病死在外省的一个救助站里，临终也没有一个亲人在身边，一把火烧成了灰，也不知道洋洋洒洒落在什么地方了。

现在，她偶尔在巡过店之后，抽出一点空，推着婴儿车去长春路转转，指给女儿看自己当年租住的房子以及曾经以为将要成为家的“烂尾楼”。当年的小区已经被接管且焕然一新，原先的街道

人与人的相遇，
就是一场“合并同类项”的机缘。

是什么让我们各自天涯，
在岁月流转中， 依旧没有走散。

虽然没有了当年的繁华，却在人迹少了之后，呈现出这座城市宁静的底色。

她还是喜欢走过秋后的长春路，看着法国梧桐叶子如掌一般纷纷落下，飘摇之中也有一股子气定神闲的恬淡，也会觉得这心境犹如大风吹后的水晶天一般，透着一股子清爽明净。

这广告套路深得猝不及防

跟老米预想的差不多，周二下午例行的节目制作会开得不欢而散。临出门的时候，节目统筹小顾主动跑过来跟老米打招呼，惯常的一张笑脸，乐乐呵呵地说，米老师，您都跟我合作这么久了，肯定也知道我就是这么个人儿，心直口快的。会上我说的那几句，您可别往心里去啊！我一直就是这样的，对事不对人。看老米不吱声，小顾又补了一句，您说对吧？

老米知道是绕不过，就随便点了下头，表示这事儿就算过去了。小顾看着老米的背影走出去几步，才遥遥地叫了几句，米老师，您慢走啊，最近几期的方案脚本我这边改好了，就马上发您邮箱啊！老米冲身后挥了挥手，头也没有回。

说实话，会上小顾说的那几句，老米还真没有往心里去。这几年，自从新闻主播台上下来，老米觉得自己心态早就趋向平和了。

现如今的电视新闻给主播的镜头直接卡成大头照，妆再厚也及不上小鲜肉，哪能真像国外一样播到退休。他也常劝自己，今时不同往日，凡事不必较真，混口饭吃罢了。

细细想来，其实小顾会上说的那几句也着实在理。现如今的电视台，充其量也不过是个播出平台，尤其是二三线的城市台，既不上星，也进不了网，可能真实的收视率还远不及某些做大做强的网播平台，这样的情势下自己身子骨就不硬，哪里还有底气与人较真。

小顾说，咱们不能穷死了，还要在那边死撑个架子，更何况他们的节目只是个生活服务类的节目，没有必要搞“上纲上线”那一套。老米知道，若不是还有“上纲上线”的“喉舌”作用，怕是一多半的人饭碗都要不保了。

老米现在主持的这个家政服务类节目，原先是台里的自办节目，刚开播那会儿形式挺新又接地气，老米也跟着着实火了一两年。可是好景不长，等到几家卫星频道抄完，这节目的热度立马就下来了。广告招商一年比一年困难，台里又不想放掉这老牌节目，于是“外包制作”就成了最后一根稻草。

老米本来也不想去趟这摊子浑水，最近几年台里前前后后换了几任领导，每个过来都在大推改革，可精简人员、削减预算、规范补助这“三板斧”砍完之后，也就都没有什么新招了。年轻有点能耐的，能往高处走几步的都跑了，余下的不是拖家带口的，就是像老米这样还在编制体制内的。

知根知底的都劝老米，随便混混好了。可老米有自个儿的苦衷，孩子去年刚送去澳大利亚，一年三四十万的学费生活费，总归得有来路。手上有套房总价还是太高了，没赶着这拨行情顺利脱手，这房贷还得点着卯还上，偶尔周转不济，老米还得拉下脸接点婚礼庆典等外场活动贴补家用。这节目至少是周一至周五的带状节目，况且制作公司开的主持价码不低，老米还是动了心。

合着那句“捧人碗，受人管”，名义上台里有人最终把关播出品质，但现场细节上的来来去去，也就只剩老米一个人应对制作公司。小顾名义上只是节目统筹，但却是制作公司的项目负责人，所以偶尔讲起话来总有几分不自持。

会议上起冲突的点也不复杂，就是最近几期的台本对口播广告提了新要求。做了这么多年电视的老米，从新闻主播台上笔记本电脑模型背贴牛皮癣广告开始，就已经知道这广告是个什么玩意儿了。只是最近几年，电视广告还真的到了无孔不入的地步，背景板、地贴、主持人手卡、嘉宾名牌早都沦陷了，主持人口播冠名商也有“中国好舌头”的范本，这本来都是无可厚非的。

小顾说，现如今每个节点硬生生地念冠名商的方式太过“套路”了，冠名商提要求能不能像网络综艺节目那样变点花样打广告，别接得那么硬让观众有心理预期，最好能够达到客户提出的“猝不及防”的要求。也不是老米不愿意配合，只是这一季新的冠名赞助商是某间男科医院，这怎么接都尴尬。这讨论来去也没有个结果，时间一久小顾嘴上就没有把门的了，扔了句：人家网络综艺节目都能把广告念出花来，我们节目怎么就不行了？我们是不能念，还是不会念？

这话讲得老米就不开心了，他将台本拍在桌上，说了句：你会念，你来！现场气氛一下子就僵在那边。空气安静了一两分钟却像过了好久。有个哆哆的声音打破了沉默，节目的助理主持紫眸开了口，她说，两位老师，你们看这样行不行？这广告跟老米形象是有点不搭，可广告商提要求不满足也不好。如果顾老师您要觉得我可以，我来念行不行？

老米其实没想到紫眸会在这个时候给他俩找台阶下。这节目

现如今轮到你站在最前面的位置，
自然就会听到一些不同的声音，
并不是你做错了什么，
而是你身处的这个位置决定了你既要扛得起毛病，
又要担得起诋毁。

的助理主持常换，都是年轻漂亮身材好的小姑娘，紫眸却是其中显得机灵些的，走台本搭个腔什么的也不显生硬。后来老米私下里问过，这姑娘也是正经八百播音专业毕业的，可能现在这专业太多太滥，多半是工作不好找，签在一家模特经纪公司，又辗转被推荐到这个节目里来。

他俩平时除了录节目也没有什么交集，来时客客气气地来打个招呼，走时再客客气气地道个别。有段时间场地紧张，他俩共用一个化妆间时，紫眸过来征求他意见，说自己又签了某网络直播平台了，想在化妆间直播会儿，担心镜头会带到老米，问他可不可以。老米那时候还不知道网络直播是个什么东西，等他看明白后，更觉得电视这一行又被边缘化了一些，而自己作为前浪迟早得被拍死在沙滩上。

紫眸说完，老米和小顾都没有搭腔，空气继续凝在那边。后来还是老米撑不住了问说，还有其他事情吗？没有，我还有其他事呢。小顾自个儿也觉得话说重了，看了一眼手机说，这时间是不早了，要不米老师一起吃个工作餐？老米一边说，我哪有那闲工夫，一边顺手将桌上的台本塞进包里，提起包就要走。

小顾倒是很快将修改好的节目台本发到了老米的邮箱，老米打开看了一眼也没有回复。计划的节目录像时间没推迟，还是周四。一大早，老米就全副武装打了个车出了门。老米平时也嫌墨镜口罩麻烦，都是自己开车去录像，只是今天答应了晚上参加几个老同学的聚会，怕是免不了要喝两口。老米知道自己酒一多，人就没了一个把关的，索性不开车反而安全些。

节目自从外包出去之后，录像就不在台里的演播室了。制作公司租了郊外职业技术学院一间闲置的阶梯教室搭了个棚，租金便宜、清净方便不谈，连请观众群演的钱都省了。节目统筹跟学生会直接联系，定期发点录像观摩券，挑几个上镜的塞在前排，效果比去台里节目镜头扫过去全是大爷大妈，还要养眼许多。

周播的带状节目，一开棚就要录五期，虽然每一期节目播出时间都不长，但录制现场“你等我，我等他”的各种空耗折腾下来，常常就是一整天。外行人都觉得做电视的挺光鲜，大概也只有内行人才知道其中甘苦。对于这种情况，老米一早就做好打持久战的准备，到现场化好妆，扫一眼来宾名单，念几段台本开个嗓，呷过两口罗汉果胖大海泡的茶，就开始靠在椅子上闭目养神。

化妆师 Tony 跟了老米很多年，也知道老米的习惯，见他开始闭目养神，就自动退到角落里滑着手机。老米闭着眼，忽然像想起来什么来似地问 Tony，最近看你朋友圈，怎么全是面膜、眼霜的广告啊？发得也太密了吧，躲也躲不过！Tony 笑了，说：米老师啊，我也不想啊！这不是也得吃饭嘛，现在我们这一行的生意特别淡，这几年要不是有你照应着，我怕是真要吃土了。

老米睁开眼，透过镜子看了一眼 Tony，又闭上眼躺回去接着说，不至于吧？不过我看新闻上说，现在微商、朋友圈可是假货的重灾区！Tony 先是一愣，然后就笑了：别人是别人，我是我，我跟米老师您合作这么久了，您还信不过我啊，您看看我化妆箱里放着的是朋友圈里卖的吗？Tony 见老米也不搭腔又接着说，你要是嫌我发的烦，就直接将我朋友圈屏蔽了好了。

说话间，有人敲主持人专用化妆间的门，Tony 看了一眼老米对外面叫了一声谁啊。外面人应了句米老师在吗？老米睁开眼正了正声色，对 Tony 小声说，估计又是录节目的嘉宾吧，你让他稍等一下吧。Tony 对门外说，米老师在换衣服，麻烦你稍微等一下噢。

隔了几分钟，Tony 打开门，门外站着两个人。一个二十来岁，长手长脚，留着大刘海，一身韩范的年轻男子应该是艺人，边上衣着花哨的大叔模样的人估计是经纪人或者助理。大叔模样的人主动过来打招呼说，米老师，我是青春萌语公司的，这是我们家的艺人。那年轻艺人上前主动向老米伸出了手，叫了声米老师好。

老米也伸出手，握了握，接过话说，我来就看到嘉宾名单了，咱们录第二场是吧，节目只要有小鲜肉，我们的收视就有底了。经纪人大叔笑着说，看米老师说笑的，我们还想请米老师节目上多关照关照呢。老米猜出经纪人的意思，但也只能接着寒暄说，照顾好来宾是主持人的本分。经纪人大叔又拉拉扯扯地聊了几句，三番五次冲艺人使着眼色。年轻人终于想起要将手中的唱片郑重地递给老米。

老米接过来看了两眼那唱片，又问了一句经纪人，这事儿跟制作组讲过了吧？经纪人大叔满脸堆笑地说，米老师您放心，我这边都讲过了。米老师，除了这张前不久发的 EP 外，我们家艺人马上要上线一部古装网剧，还想请您在节目里给捎带两句。老米眯着眼睛看着经纪人大叔说，说说都演的什么剧啊？在这节目里说，也得有个气口啊，总不好接得太生硬是吧?!

米老师，我们也怕麻烦您，经纪人大叔笑着递过来个信封说，这里面有我们准备的相关资料。老米噢了一声，看一眼 Tony。Tony 伸手就要去接。经纪人看了老米一眼，迟疑了一下，还是将信封交到 Tony 的手里，Tony 拿了信封就顺手放在化妆台上。经纪人大叔看已收下就不多言语，嘴上说着不打扰休息就领着艺人退了出去。

关了门，老米坐定了，捏了一下那信封，背对着 Tony 感慨，现在都是什么世道行情啊！Tony 回应他说，可不是吗？这经纪人也是操碎了心，那孩子还是太木了点，拍过一两部走红的网剧，火了一圈人就没有轮到他。老米笑着说，还是你关心娱乐圈啊，没你不认识的新人。他都拍了点啥啊，我怎么没见过呢？Tony 一边收拾东西，一边不咸不淡地回应老米，网剧现在除了搞基卖腐能火还有啥？听说他马上上线的也是这一类的。

老米原本正准备呷口茶的，听到 Tony 如此说就放了下来，没有缘由地问起 Tony 来，不会吧？如果这样子的话，就算我在节目里说了，这也播不出去啊！咱们电视尺度哪有这么大？Tony 笑了，你管他呢，录的现场说了，经纪人也看到了，至于能不能播出去，这事儿又不是你做主的，还能回来倒找你负责啊。

正说着呢，门又响了。老米的表情有点不耐烦了，Tony 回应的嗓门自然就大了起来，扯了一句谁啊！门外有人应，听得出来是那位经纪人大叔。Tony 半开玩笑地指了指那信封，老米冲他摆了摆手。Tony只好又问外面有什么事？隔着门也能听得出经纪人大叔是乐呵呵地解释着，刚才一忙忘记跟米老师合影了，怕一会儿录影再拍影响节目流程。

这也不太好拒绝，于是门又开了。经纪人大叔拿着手机掌镜，小鲜肉很懂事理地照顾身高差，劈着一双大长腿站在老米的侧身后。经纪人又是照顾光，又是照顾化妆间的背景，调了半天拍了几张，但仍然有点意犹未尽的意思。最后老米露出点不耐烦的意思，问了句拍得如何，经纪人大叔终于忍不住问，能不能再请米老师帮忙拿一下唱片再拍几张？老米半开玩笑地回了他一句，早说嘛，快把小鲜肉的脸都笑僵了！

说来也奇怪，那一天节目录像流程走得特别顺，不仅节目嘉宾小鲜肉想交代的那几句都照应上了，助理主持紫眸接的那几句口播广告也特别顺溜出彩，就连开场单录观众掌声欢笑也特别的有氛围。老米觉得自己眼光还算是老到，没看错紫眸这主持人业务的功底。那男科医院的尴尬，在小姑娘半真半假的玩笑中就那么一笔带过了，而且现场气氛特别好，估计后期连罐头笑声音效都省了。

出了摄影棚，退了上台疯，回到化妆间，老米开始觉出累来了，嗓子眼跟冒了烟一样。Tony 跟往常一样，补完最后一场就提前撤了，桌上留一杯温热的茶。经纪人大叔给的那信封，Tony 怕是人多眼杂，给塞在老米搁在化妆台下的包里。老米换了自己的衣服，就将化妆间的门半敞着，对着镜子一个人卸着妆。

这其间，管服装的阿姨敲门进来，对了一下衣服，又出去了；节目统筹小顾敲门进来，交代了几句，又出去了；助理主持紫眸敲门进来，道了个别，又出去了。老米就这样不疾不徐地慢慢收拾着。不知道为什么，每次散场后，老米总有几分莫名的感伤，却又特别享受将自己沉浸在这样的情绪里。

直到手机响了，老米才回过味来，从包里掏出手机一看，是老同学吴凡来的电话。老米接起来，劈头就听到吴凡在电话那边嚷嚷着，我的大主持人啊！您这电话也太难打了吧，加上这个我都拨了六个了。我车就停在技术学院的东门，你忙完就过来吧。老米很纳闷地问他，你怎么跑到这儿来了呢？吴凡在电话说，嘿！这你就别管了，见到面我再跟你讲吧。我现在是在东门啊，黑色的四个圈，车牌三个 8 加 WF，找不到你就打我电话。

挂了电话，老米就想起了当年读书的时候，吴凡一头自来卷的毛糙模样。老米并不是主持专业的科班出身，大学念的是师范，吴凡与他只是同系并不同班，本来并没有太多交集。可师范专业女多男少，像老米和吴凡略有颜值的男生自然名气在外，从一开始“王不见王”到最后成了“点头之交”这其中也有几番曲折，但现如今回想起来也只应了那四个字“年少荒唐”。

与大部分同学仍在当教书匠不同，老米和吴凡几乎一出校园就找准了自己想要的方向了，这样的举动拉近了两个人的心理距离，彼此间都有点英雄惺惺相惜的意思。吴凡先是进了外商公司，后来又听说自己在做外贸还涉足电商。再后来工作忙了，联络淡了，老米也就失了吴凡的消息。一个月前，吴凡打了老米好几次电话，联系同学聚会的事情，老米看到陌生号码，差点当作是电信诈骗。

老米自认因为依旧要上镜的关系，跟一众已经当妈的同学比起来，自己算是保养还不错的，见了吴凡后才觉得，自己其实也是松散了不少。吴凡还真是老样子，依旧顶着一头毛糙的自来卷，只是身形上勉强算是大了一个外框而已。

寒暄了几句，老米就上了吴凡的车，坐定了免不了调侃几句混得不错什么的。老米问吴凡现在做什么？吴凡自然谦虚地应他，随便瞎折腾。老米又问怎么知道他在这里录像，吴凡说刚好是顺

因为永远不易得，
所以我们容忍虚假，
得过且过。

道过来盯个场，见到一票人聚着，一打听就碰了巧。老米笑着说，你这家伙一向都是喜欢玩神秘的。吴凡说，嘿唉！我能玩出啥神秘来喽！

车子七弯八拐进了一个离城特别远的度假村，老米跟着吴凡前后脚进了包间，七八个女同学原本有说有聊的，见他们进来呼啦啦全都站起来迎接他俩。吴凡见了就打趣地说，各位同学，咱们也不要太心急了，这心急啊吃不了热豆腐。咱们平时隔着屏幕看得着摸不着，今天我可是为你们将活的拉来现场了。你们是偏爱红烧口，还是想吃刺身，就看大家今晚这酒怎么喝了。

老米左边一看，大学广播站的有人在，右一边看，学生会宣传部的有人在，心里暗叫不好。坐定没多久，老米两小壶白的就灌了下去，席间的场面就渐渐失去了控制。女同学还想倒酒，老米捂着小壶口抱怨着，你们说说，你们说说，你们这帮为人师表的，怎么都这么能喝呢？有个女同学酒也喝多了，虽然舌头有点大，但话还是挺顺溜的，她站起身举着杯子说，那我们几个还不是看见你激动的呗，机会难得，老米你就不给我们同学们一个面子？老米捂着酒壶口，就是不撒手。

这个时候，吴凡站起来了拿了只筷子敲了敲碟子沿儿，大声地嚷嚷着，你们这帮女的吧，进门的时候我跟你们怎么说来着。说完就顺势拿过女同学手上的酒瓶，给自己倒了小半壶。老米这壶酒啊，我帮他喝了。老米抬头看了一眼吴凡，吴凡对着老米的眼神说，但我这壶酒也不是白喝的，喝完老米得答应我一件事儿。老米眯缝着说，啥事啊？吴凡笑着说，现在可不能说，说了你未必能答应，但肯定不是坏事，是给你送钱的好事。

有女同学说，有这等好事都不想着我们，就光顾着老米，你俩有啥特殊情况吧。老米拦着吴凡，你不说清楚那我也不敢让你喝呀，虽然钱是个好东西，但也有烫手的啊。吴凡拍了拍老米的肩膀说，都是老同学，我没事儿烫你干吗？说完就一扬脖小半壶酒下了肚。

大家又都坐定了，有人开了腔问吴凡，你倒是说说怎么给我们大腕儿送钱啊？吴凡打了一个酒嗝说，大家不是一直都关心我现在瞎折腾啥吗？我也不瞒大家，我现在跟人合伙，专门“修枪”。有个女同学惊呼，吴凡啊，你路子也太野了吧。吴凡笑了，用手指了指桌下透着几分坏地说，是那把枪。都是过来人，也不用解释，大家就都悟过来了。有人回了他一句，吴凡啊吴凡，这么多年过去了，你这污力老司机还是不减当年啊。

吴凡嬉皮笑脸地说，嘿，咱们同学也都不是外人，在座的家里那口子万一真有啥毛病，也别见外，照顾照顾同学我的小生意，我打保票都给修好了。要是万一实在修不好了，你们要想帮个忙啥的，我说什么也会看在同学的情分上也会拔刀相助的。大家一阵哄笑后，吴凡对老米说，老同学帮帮忙，帮我说说那广告。

老米听到这里也算彻底明白了，敢情节目新一季赞助商就是吴凡。吴凡说，当初制作公司找我谈的时候，我一听说是你主持的二话没说就同意了，投谁的广告不是投呢，更何况我们还有这一层同学关系，是吧。没想到口播广告这事儿给你闹了不愉快，我本来还想看看节目效果，再请你代个言什么的，弄出这一出，我现在就更不敢开这口了。

一桌子人看到这里，也知道这餐饭也不单单是个同学兼粉丝见面会，这里里外外还捂着其他几层意思在，也都渐渐地不言语了。酒场子就那么冷在那边，谁也不顾了。

老米拿过酒瓶，给自己倒了满满一壶一扬脖子喝了，这杯酒我先谢谢同学看得上，再者也是赔个不是。这事儿说到底还真就是我自己要个面子，人总归有所为，有所不为吧。老米借着几分酒意，指着一个女同学半开玩笑地说，打个不恰当的比方，你俩说要

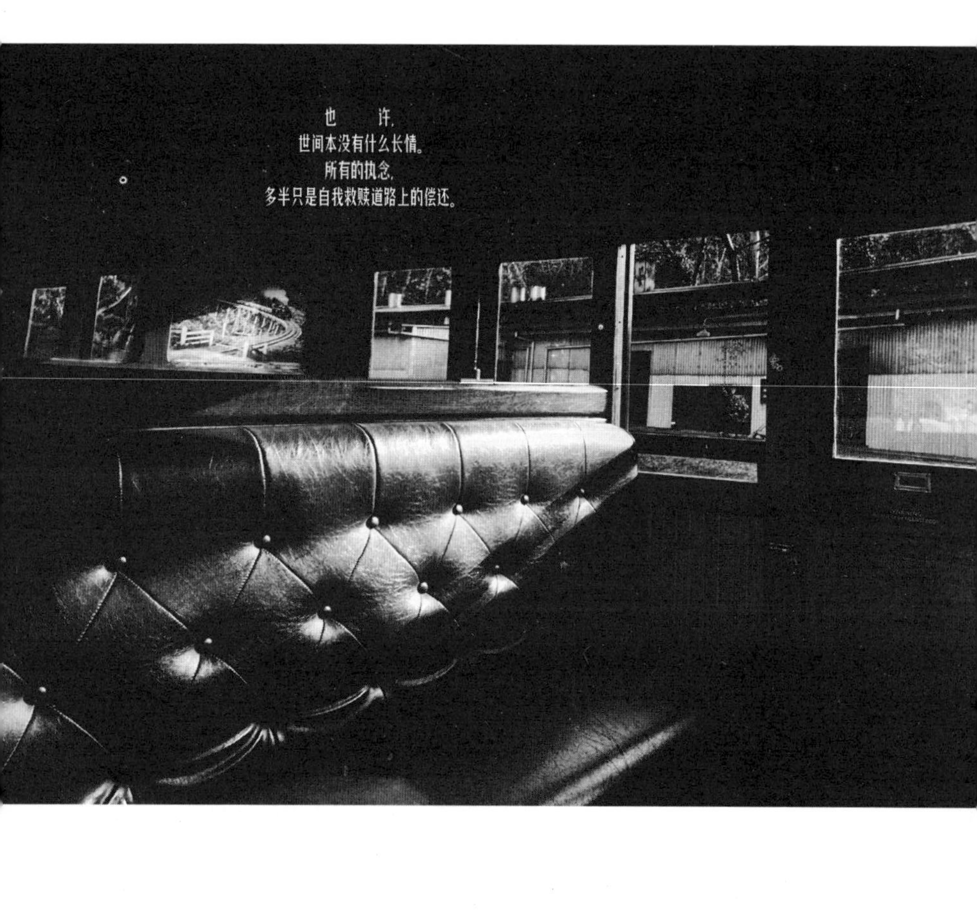

也　　许，
世间本没有什么长情。
所有的执念，
多半只是自我救赎道路上的偿还。

再婚办酒缺个司仪，拜托到我这儿，我再勉强也能接这一场，但要是你俩离婚想办一场，再怎么托请我这儿也不能接啊。

老米说完，也不知道是醉了还是怎么了，面露得意的表情，看了边上那一票人一眼。那一票人心领意会地跟着哄笑起来，企图化解掉现场的尴尬。可吴凡听了也没有恼，仍旧带着几分醉意，笑呵呵地对老米说，老米啊老米，你说你不会花式打广告来着的，可你刚刚这广告打得套路很深啊，深得让人有点猝不及防啊！

桃花劫

恋爱长跑的结果通常不是修成正果，便是劳燕分飞。这是承欢最近一段时间经常挂在在嘴上的一句话。不知从几时起，自己的节目里面接到的求助都是这一类的问题。承欢只是把问题可能导致的两极摆出来讲，但语气明显地偏向“劳燕分飞”的方向，这一点倒是自己始料未及的。

去年夏天电台人事变动，一朝天子一朝臣，一直中立的承欢成了最大的赢家，无论是节目量还是节目时段，新领导给了她一个比较“黄金”的标签。承欢也终于在毕业多年之后得到了自己读书时便梦想的“闷骚时段”，成为全城深夜时段的“爱情问题专家”。

可是也着实应了那句“医者不自医”的古训，更何况承欢是做财经服务类节目出身，在“恋爱长跑”这个问题上，承欢自己也是位“马拉松级的选手”。

与庆恩是修成正果，还是劳燕分飞，承欢自己心里也没有底，那些争执的根源这七年间便没有断过，其间的复杂程度与两千五百多个日日夜夜又岂是三言两语可以说得清楚的。

尽管常有吵至摔东西的地步，但对于承欢来说，还是有件事情是断然不能忘本。说到底，庆恩还是有恩于自己的。当年自己没了工作，没了初恋的昏天暗地的时候，是庆恩将自己捡了回来。

可是感情这种事情又不是投桃报李这么简单。庆恩真的不是自己最想要的那一类。如果可以重新来过一遍，承欢当年第一次的拒绝应该更为决绝一点才好，可是这世间事哪里容得下"倒带"。

承欢不是没有追求对象，比如这一年的广告赞助商便是一个不错的选择。这七年的生活早已经将一切纠缠在一起，除了一纸婚书，其实也没有缺下什么。如何面对好感者的追求而又敌得过自己内心的道德感，承欢自己也是纠结得很。

偏偏这个时候，台里又给了23至24点的"闷骚时段"，承欢才得了一个管道假借听众来信之名，说出自己不能与别人讲的真心话。

可是未及一年时间，承欢便已经生出厌倦“闷骚时段”的念头。原因不外乎两个：其一，夜夜耗得不能安睡，对于一个三十出头的女人来说已经是最大的敌手，皮肤哑得失去了光，不抹点东西根本无法出门。其二，与庆恩整个作息颠倒，整一出“白天不懂夜的黑”现实版本，冰箱贴成了“城隍庙告示板”，本已有的隔阂越扯越大。台里难得组织春游，这样的散心机会，承欢定是要争取的。节目硬塞给不明就里的实习生，给庆恩发了一条短信，换了一双轻便的鞋子便出了门。

环太湖水乡小镇三日游，承欢与庆恩刚认识的时候便已经转过一圈。各式各样的枕水小镇其实大同小异，开发过度，商业气息浓郁，早已不复当年名家画中的平静安详。只是散心，承欢不便太多抱怨，安心跟在大队人马身后胡乱地拍一些东西。

路遇一道观，名唤琼花观。领导层级的人士纷纷入观请香。承欢无心愿可求，与导游立在观前小街边看临街店家做粽子糖。

有一道士经过，看似出门采买什么。路过承欢身边，走出几步又回来定眼认真看。承欢大惊，以为身上衣衫哪里出错。道士开口，这位女士命有一劫。

承欢寻遍衣衫见无破绽，听道士口出此言，倒也放了心，觉得无非是拉客请香的伎俩，便不再理会。道士见状，摇了摇头：这劫不伤身，但伤心，俗家常称桃花劫。

承欢听来觉得好笑，道士用语不似寻常人讲话，有点戏文的意思，便提起兴趣搭腔道：我这是劫人？还是被劫？道士叹气，其实已劫，只是你未觉察罢了。

同行的人请完香都出了道观，见道士与承欢谈论都聚拢过来，有好事者帮着问下文，可有解？虽然心里觉得是信口胡言，但承欢还是有一种私隐现于他人的不安感，急急地想走。

道士不疾不徐地说，其实有可解之方，只需要回家路上，遇第一株盛花桃树，折一细枝置于枕下七七四十九日即可避之。

众人半信半疑，承欢一笑置之。

已近春末，桃花该败已败，哪里会遇到一株盛花桃树？既是桃花劫，还要桃花解，还真是解铃还需系铃人？承欢坐在返程的大巴上，想想道士的话还是觉得好笑。

车快近西门，路过一处待开发的工地，有好事者突然大嚷，桃花桃花。承欢顺着大家指着的方向望去，见一株桃树盛花如冠立在工地边上。

承欢自己不想下去，无奈有一拨年轻同事已经让司机停了车，拉着她下去。无人看管，下车的几乎每人都折了一枝。车上有人戏言，有求桃花运，有避桃花劫。

车抵目的地已经是华灯初上，原本的聚餐因领导另有活动安排临时取消，于是众人手持一枝桃花各自打道回府。

打上出租车，承欢给庆恩发了条短信，告知回家吃饭。庆恩只回了一个“嗯”。上楼的时候见楼道里面延时灯从上至下都亮着，有个女人与承欢擦身而过时，看了承欢一眼，头一低便下了楼。承欢租住的是新居民楼，不像老公房租客众多，这里人员比较简单，那女人明显不是这里的住户。

承欢未及多想，开门进去。庆恩在家，关着卫生间的门在洗澡。冷锅冷灶，什么吃的也没有。

日子过得飞快，广告赞助商的追求攻略也日胜一日。与庆恩的争执时有时无，好在两人一黑一白不常见面。倘若日子就此这样过下去，再有个七年，广告赞助商自然不战而退，自己与庆恩也算一了百了。无奈这样的日子连同未做完的梦一道被手机铃声给惊醒了。

通常睡到下午两点起床，这一日，承欢在上午十点未到便被手机铃声吵醒。

是庆恩的手机，落在换下的裤兜里。承欢拼劲最后力气接通电话，电话里面是个女的声音，七分嗔怒劈头便问：怎么不回我短信啊！

承欢听到此处已经醒了一半，轻声问道：您是哪位？

一切未出所料，手机里面不仅有未及删除的短信，还有多张亲密合影。承欢冷静依着庆恩身上的衣着推断着这些照片的时间。最早的一张可以追溯至三年前的春天，那身衣服是承欢去香港时带回的。

已经初夏十一点的房间里，透着一丝令人清醒的凉意。

不出半个小时，承欢便听到外面的防盗门响，想必是庆恩回来寻手机。承欢将其放回原处，假寐装作并不知情。

恋爱长跑的结果通常不是修成正果，便是劳燕分飞。承欢把这句话放在心里又想了一遍。事情到了这步田地，自己居然没有觉察，实在太过可笑，自己居然如此冷静，实在太过可悲。

承欢又寻思了片刻，定下了心思，无论如何，断然是不会与庆恩摊明这件事情。只是如果这一刻放弃了庆恩，知道他也有一个归宿，自己也许良心会觉得好过一些。这样的念头令承欢不安，她伸手去摸枕下。

那一枝桃花早已不知踪迹。

忽然想起道士的那一席话。原来折那一枝桃花，是安排自己错过了捉奸在床的尴尬。冥冥中有股力量指点她如何避开揭开这些荒唐的机缘，可是自己与庆恩之间何尝不是一个荒唐的机缘？

想到此处，不觉间泪如雨下。

——END——